Yann Andréa Steiner

Marguerite Duras

Yann Andréa Steiner

P.O.L
8, villa d'Alésia, Paris, 14ᵉ

Avant tout, au départ de l'histoire ici racontée il y avait eu la projection de *India Song* dans un cinéma d'Art et d'Essai de cette grande ville où vous viviez. Après le film il y avait eu un débat auquel vous aviez pris part. Puis après le débat nous étions allés dans un bar avec les jeunes agrégatifs de philosophie dont vous faisiez partie. C'est vous qui m'avez rappelé après, bien après, l'existence de ce bar, assez élégant, agréable, et que ce soir-là j'avais bu deux whiskies. Moi je n'avais aucun souvenir de ces whiskies, ni de vous, ni des autres jeunes agrégatifs, ni de l'endroit. Je me souvenais ou plutôt, il me semblait que vous m'aviez accompagnée au parking du cinéma où j'avais laissé ma voiture. J'avais encore cette R.16 que j'adorais et que je conduisais encore vite à ce moment-là, même après les accidents de santé que j'avais eus à cause de l'alcool. Vous m'aviez demandé si j'avais des amants. J'ai dit : plus aucun, que c'était vrai. Vous m'aviez demandé à quelle vitesse je roulais la nuit. J'ai dit 140. Comme tout le monde avec une R16. Que c'était magnifique.

C'est après cette soirée que vous avez commencé à m'écrire des lettres. Beaucoup de lettres. Quelquefois une chaque jour. C'était des lettres très courtes, des sortes de billets, c'était, oui, des sortes d'appels criés d'un lieu invivable, mortel, d'une sorte de désert. Ces appels étaient d'une évidente beauté.

Je ne vous répondais pas.
Je gardais toutes les lettres.

Il y avait en haut des pages le nom de l'endroit où elles avaient été écrites et l'heure ou le temps : Soleil ou Pluie. Ou Froid. Ou : Seul.

Et puis une fois, vous êtes resté longtemps sans écrire. Un mois peut-être, je ne sais plus pour ce temps-là ce qu'il avait duré.

Alors à mon tour dans le vide laissé par vous, cette absence des lettres, des appels, je vous ai écrit pour savoir pourquoi vous n'écriviez plus, pourquoi d'un seul coup, pourquoi vous aviez cessé d'écrire comme violemment empêché de le faire, par exemple par la mort.

Je vous ai écrit cette lettre-là :
Yann Andréa, j'ai rencontré cet été quelqu'un que vous connaissez, Jean-Pierre Ceton, nous avons parlé de vous, je n'aurais pas pu

deviner que vous vous connaissiez. Et puis il y a
eu votre mot sous ma porte à Paris après le *Navire
Night.* J'ai essayé de vous téléphoner, je n'ai pas
trouvé votre numéro de téléphone. Et puis il y a
eu votre lettre de Janvier - j'étais encore une fois
à l'hôpital, de nouveau malade de je ne savais plus
bien de quoi, on m'a dit empoisonnée par de
nouveaux médicaments dits anti-dépresseurs.
Toujours ce refrain-là. Ce n'était rien, le cœur
n'avait rien, je n'étais même pas triste, j'étais au
bout de quelque chose, c'est tout. Je buvais
encore, oui, l'hiver, le soir. Depuis des années
j'avais dit à mes amis de ne plus venir en week-
end, je vivais seule dans cette maison de Neauphle
où on pouvait vivre à dix personnes. Seule dans
14 pièces. On prend l'habitude de la résonance.
Voilà. Et puis une fois je vous avais écrit pour
vous dire que je venais de finir le film qui avait
pour titre *Son Nom de Venise dans Calcutta
désert,* je ne sais plus très bien ce que je vous en
disais, sans doute que je l'adorais comme j'adore
presque tous mes films. Vous n'avez pas répondu

10

à cette lettre-là. Et puis il y a eu les poèmes que vous m'avez envoyés, dont certains m'ont paru très beaux, d'autres, moins, et cela je ne savais pas comment vous le dire. Voilà. Voilà, oui. Que c'étaient vos lettres qui étaient vos poèmes. Vos lettres sont belles, les plus belles de toute ma vie il me semblait, elles en étaient douloureuses. Je voulais vous parler aujourd'hui. Je suis un peu convalescente mais j'écris. Je travaille. Je crois que le deuxième *Aurélia Steiner* a été écrit pour vous.

Cette lettre-là, non plus, ne devait demander aucune réponse me semblait-il. Je vous donnais de mes nouvelles. Je me souviens d'une lettre navrée, décomposée, j'y étais comme découragée par je ne sais plus quel inconvénient survenu dans ma vie, quelle nouvelle solitude, inattendue, récente. Longtemps je n'ai presque rien su de cette lettre, je n'étais même pas sûre que c'était cet été-là que je l'avais écrite, celui de votre surgissement dans ma vie. Ni de quel endroit de ma vie je l'avais

11

écrite. Je ne croyais pas que c'était à cet endroit de la mer mais je ne savais plus non plus à quel autre endroit. C'est bien après que j'ai cru me souvenir du volume de ma chambre autour de la lettre, de la cheminée en marbre noir et de la glace face à laquelle j'étais justement. Je me suis demandée si oui ou non il fallait vous l'envoyer. Je n'ai été sûre de vous l'avoir envoyée que lorsque vous m'avez dit avoir reçu une lettre de moi de cet ordre-là, deux ans avant.

Je ne sais plus si j'ai revu cette lettre-là. Vous m'en aviez parlé beaucoup. Vous aviez été frappé par elle. Vous disiez qu'elle était terrible, qu'elle disait tout de ma vie, de mon travail, sans que jamais ma vie n'en soit pour autant énoncée. Et cela dans une sorte d'indifférence, de distraction qui vous avait épouvanté. Vous m'avez appris aussi que c'était bien de Taormina que je vous l'avais envoyée. Mais qu'elle était datée de Paris, cinq jours avant.

Cette longue lettre de moi, des années plus tard, nous l'avions égarée. Vous disiez l'avoir rangée dans un tiroir de la commode centrale de l'appartement de Trouville et que c'était moi, après, qui avais dû la retirer de la commode. Mais ce jour-là vous ne saviez plus rien de ce qui se passait dans la maison ou ailleurs. Vous étiez dans les parcs et les bars des grands hôtels du Mont-Canisy à la recherche des beaux barmen de Buenos-Aires et de Santiago engagés pour l'été. Tandis que moi j'étais perdue dans le labyrinthe sexuel des *Yeux bleus cheveux noirs*. C'est bien après quand j'ai parlé de cette histoire de vous et de moi dans ce livre-là que j'ai retrouvé cette lettre dans la commode centrale, qu'elle n'avait jamais dû quitter.

C'est deux jours après cette lettre retrouvée que vous m'avez téléphoné, ici, aux Roches Noires, pour me dire que vous alliez venir me voir.

Votre voix de téléphone était légèrement altérée comme par la peur, intimidée. Je ne la reconnaissais plus. C'était... je ne sais pas le dire, oui, c'est ça, c'était la voix de vos lettres que j'inventais justement, moi, quand vous aviez téléphoné.

Vous aviez écrit : Je vais venir.

J'ai demandé pourquoi venir.

Vous avez dit : Pour se connaître.

A ce moment-là de ma vie, que l'on vienne

me voir ainsi, de loin, c'était un événement effrayant. Je n'ai jamais parlé, c'est vrai, jamais de ma solitude à ce moment-là de ma vie. Celle, arrivée après Le Ravissement de Lol V. Stein, celle de Blue Moon, de l'amour, du Vice-Consul. Cette solitude était à la fois la plus profonde de ma vie mais aussi la plus heureuse. Je ne la ressentais pas comme telle mais comme la chance d'une liberté décisive de ma vie encore ignorée jusque-là. Je mangeais au Central — toujours pareil — des langoustines au naturel et un Mont Blanc. Je ne me baignais pas. La mer était aussi peuplée que la ville. Je le faisais le soir lorsque mes amis Henry Chatelain et Serge Derumier venaient.

Vous m'aviez dit qu'après ce coup de téléphone vous m'aviez téléphoné plusieurs jours d'affilée, que je n'étais pas là. Après je vous en ai dit la raison, je vous ai rappelé mon voyage à Taormina, le festival de cinéma, où je devais retrouver un ami très cher, Benoît Jacquot. Mais que vite je serai là, de nouveau au bord de la mer,

15

pour aussi chaque semaine écrire les chroniques de l'été 80 pour *Libération* comme vous le saviez.

Je vous ai encore demandé : Venir pourquoi ?

Vous avez dit : Pour vous parler de Théodora Kats.

J'ai dit que j'avais abandonné ce livre sur Théodora Kats que j'avais cru possible depuis des années. Que je l'avais caché pour l'éternité de ma mort dans un lieu juif, une tombe pour moi sacrée, celle, immense, sans fond, interdite aux traîtres, ces morts-vivants de la trahison fondamentale.

J'ai demandé quand vous arriviez. Vous avez dit : Demain dans la matinée, le car arrive à dix heures et demie, je serai chez vous à onze heures.

C'est du balcon de ma chambre que je vous ai attendu. Vous avez traversé la cour des Roches Noires.

J'avais oublié l'homme de *India Song*.

16

Vous étiez une sorte de Breton grand et maigre. Vous étiez élégant me semblait-il, très discrètement, vous ne saviez pas que vous l'étiez, ça se voit toujours. Vous marchiez sans regarder le grand bâtiment de la Résidence. Sans regarder du tout vers moi. Vous aviez un très grand parapluie en bois, une sorte de parasol chinois en toile vernissée que peu de jeunes gens avaient encore dans les années 80. Vous aviez aussi un très petit bagage, un sac en toile noire.

Vous avez traversé la cour le long de la haie, vous avez obliqué vers la mer et vous avez disparu dans le hall des Roches Noires sans avoir levé les yeux sur moi.

C'était donc onze heures du matin, au début du mois de juillet.

C'était l'été 80. L'été du vent et de la pluie. L'été de Gdansk. Celui de l'enfant qui pleurait. Celui de cette jeune monitrice. Celui de notre histoire. Celui de l'histoire ici racontée, celle du premier été 1980 l'histoire entre le très jeune Yann Andréa Steiner et cette femme qui faisait des livres et qui, elle, était vieille et seule comme lui dans cet été grand à lui seul comme une Europe.

Je vous avais dit comment trouver mon appartement, l'étage, le couloir, la porte.

Vous n'êtes jamais revenu dans la grande cité de Caen. C'était en juillet 80. Il y a douze ans. Vous êtes toujours là dans cet appartement ici pendant les six mois de vacances que je prends chaque année depuis cette maladie qui avait duré deux ans. Ce coma d'épouvante. Quelques jours avant que l'on « m'achève » sur la décision unanime des médecins de ma section hospitalière, j'ai ouvert les yeux. J'ai regardé. Les gens, la chambre. Ils étaient tous là — On m'a raconté — J'ai regardé ces gens immobiles, en blouse blanche, qui me souriaient dans une espèce de folie, de bonheur fou et silencieux. Je n'ai pas reconnu leurs visages mais j'ai reconnu que ces formes étaient celles d'êtres humains, pas celles des murs, pas celles des appareils, mais celles de gens avec des yeux qui regardaient. Et puis j'ai refermé les yeux. Pour ensuite les réouvrir pour encore les voir moi avec, m'a-t-on dit, un sourire amusé dans les yeux.

Il y a eu un silence.

Et puis ça a été les coups à la porte et puis votre voix : C'est moi, c'est Yann. Je n'ai pas répondu. Les coups étaient très très faibles comme si tout le monde dormait autour de vous, dans cet hôtel et dans la ville, sur la plage et sur la mer et dans toutes les chambres d'hôtel les matins d'été près de la mer.

Encore une fois je n'ai pas ouvert tout de suite. J'ai attendu encore. Vous avez répété : C'est moi Yann. Avec la même douceur, le même calme. J'ai attendu encore. Je ne faisais aucun bruit. Il y avait dix ans que je vivais dans une solitude très sévère, quasi monacale, avec Anne-Marie Stretter et le Vice-Consul de France à Lahore, et elle, la Reine du Gange, la mendiante de la Route du thé, la reine de mon enfance.

J'ai ouvert.

On ne connaît jamais l'histoire avant qu'elle soit écrite. Avant qu'elle ait subi la disparition des circonstances qui ont fait que l'auteur l'a écrite. Et surtout avant qu'elle ait subi dans le livre la mutilation de son passé, de son corps, de votre visage, de votre voix, qu'elle devienne irrémédiable, qu'elle prenne un caractère fatal, je veux dire aussi : qu'elle soit dans le livre devenue extérieure, emportée loin, séparée de son auteur et pour l'éternité à venir, pour lui, perdue.

Et puis il y a eu la fermeture de la porte sur vous et sur moi. Sur le corps nouveau, haut et maigre.

Et puis il y a eu la voix. La voix incroyable de douceur. Distante. Royale.

On a parlé pendant plusieurs heures.

Toujours des livres on a parlé. Toujours, pendant plusieurs heures. Vous avez parlé de Roland Barthes. Je vous ai rappelé mon sentiment quant à lui. Je vous ai dit que je donnais tous les livres de Roland Barthes d'un seul coup pour mes routes du thé dans les forêts de la Birmanie, le soleil rouge et les enfants morts des pauvresses du Gange. Vous le saviez déjà. Je vous ai dit aussi que je n'arrivais pas du tout à le lire, que Roland Barthes pour moi c'était le faux de l'écrit et que c'était de cette fausseté qu'il était mort. Je vous ai dit plus tard que Roland Barthes, un jour, chez moi, m'avait *gentiment* conseillé *de « revenir » au genre de mes premiers romans « si simples et si charmants »* comme Le Barrage contre le Pacifique, Les Petits Chevaux de Tarquinia, Le marin de Gibraltar. J'ai ri. Vous avez dit qu'on n'en parlerait plus jamais. Et j'ai deviné que vous étiez rassasié de ce brillant auteur.

On a parlé aussi, comme toujours on fait, de ce fait considérable, écrire. Des livres et des livres encore.

C'est quand vous avez commencé à parler des livres que derrière le regard attentif, le raisonnement lucide, parfait, j'ai été frappée par une sorte d'urgence que vous n'arriviez pas à modérer, comme s'il vous avait fallu faire vite tout à coup pour arriver à me dire tout ce que vous aviez décidé de me dire et aussi tout ce que vous aviez décidé de ne pas dire. Tout ce que vous vouliez me dire avant que tout à coup apparaisse l'évidence, la chose, terrible, illuminante, cette décision que vous aviez prise : me connaître avant de vous tuer.

Très vite je n'ai plus su de vous que ça.

Beaucoup plus tard vous en avez parlé, vous m'avez dit que c'était vrai sans doute, oui, tout en restant obscur, vous avez ajouté : comme pour vous d'une autre façon. Vous n'avez pas prononcé le mot, plus tard j'ai compris que même en vous, vous deviez faire le silence sur lui, le mot, ce mot-là dit dans votre sourire : écrire.

Et puis le soir est venu. Je vous ai dit : Vous pouvez rester là, vous pouvez dormir dans la chambre de mon fils, qu'elle donnait sur la mer, que le lit était fait.

Que si vous vouliez prendre un bain, c'était possible aussi.

Que de même si vous préfériez sortir.

Et aussi, par exemple, de même, que vous pourriez acheter un poulet froid, une boîte de crème de marrons, de la crème fraîche pour manger avec, des gâteaux et du fromage et du pain. Que c'était ce que je mangeais chaque soir pour simplifier ma vie. Je vous ai dit aussi que pour vous, vous pourriez acheter une bouteille de vin. Que moi je buvais moins certains jours. On a ri tous les deux.

Aussitôt que sorti, vous êtes revenu. L'argent, vous avez dit, avec le car je n'ai plus rien, j'avais oublié.

Vous avez dévoré avec un appétit d'enfant dont je ne savais pas encore qu'il vous était habituel.

Bien après vous m'avez dit que vous aviez encore eu faim en sortant de table. Même après la crème de marrons que vous avez mangée tout entière avec la crème fraîche, sans vous en apercevoir.

C'est peut-être ce soir-là, avec vous, que j'ai recommencé à boire. Nous avons bu les deux demi-bouteilles de côtes du Rhône que vous aviez achetées rue des Bains. Ce vin était éventé, imbuvable. On a bu les deux demi-bouteilles de ce vin de la rue des Bains.

Le premier soir vous avez dormi dans la chambre qui donne sur la mer. Aucun bruit n'est venu de cette chambre comme quand j'étais seule. Vous deviez aussi être déjà exténué de fatigue depuis des jours et des jours, des mois, des années de plomb arides, celles, tragiques, de la solitude, de la perspective de l'emploi du temps, du calvaire, du désir pubère, la solitude.

Le lendemain de votre arrivée vous avez découvert la baignoire de la grande salle de bains. Vous avez dit que jamais vous n'aviez vu une baignoire comme celle-là, monumentale, "historique". Chaque matin, ensuite, aussitôt que levé, vous avez passé une heure dans cette baignoire. Je vous avais dit que vous pouviez y rester le temps que vous vouliez, que moi je prenais toujours des douches parce que la baignoire me faisait peur, sans doute parce qu'il n'y en avait pas dans les maisons de fonction des postes de brousse d'où je venais.

Il y avait votre voix. La voix d'une incroyable douceur, distante, intimidante, comme à peine dite, à peine perceptible, comme toujours un peu distraite, étrangère à ce qu'elle disait, séparée. Encore maintenant, douze ans après, j'entends cette voix que vous aviez. Elle est coulée dans mon corps. Elle n'a pas d'image. Elle parle de choses sans importance. Elle se tait aussi.

Nous avons parlé, vous avez parlé de la beauté de l'hôtel des Roches Noires.

Puis vous êtes resté silencieux comme si vous cherchiez comment me dire ce que vous aviez à me dire. Vous n'entendiez pas le calme grandissant qui venait avec la nuit, tellement profond que je suis allée sur le balcon pour le voir. De temps à autre des autos passaient devant les Roches Noires, elles allaient à Honfleur ou au Havre. Le Havre comme chaque nuit était éclairé comme une fête et le ciel était au-dessus de lui, nu, et entre le ciel et le phare de Sainte-Adresse il y avait le cortège noir des pétroliers qui descendaient comme d'habitude vers les ports de la France et ceux du Sud de l'Europe.

Vous vous êtes levé. Vous m'avez regardée à travers les vitres. Vous étiez toujours dans cette profonde distraction.

Je suis revenue dans la pièce.

Vous vous êtes assis de nouveau face à moi et vous avez dit :

— Vous n'écrirez jamais l'histoire de Théodora ?

J'ai dit que je n'étais jamais sûre de rien quant à ce que j'allais ou non écrire.

Vous n'avez pas répondu.

J'ai dit :

— Vous aimez Théodora.

Vous n'avez pas souri, vous avez dit dans un souffle :

— Théodora c'est ce que j'ignore de vous, j'étais très jeune. Tout le reste je le sais. J'attends depuis trois ans que vous écriviez son histoire.

J'ai dit :

— Je sais mal pourquoi je ne peux pas écrire l'histoire de Théodora.

J'ai ajouté :

— C'est trop difficile peut-être, c'est impossible de savoir.

Vous avez eu des larmes dans les yeux.

Vous avez dit :

— Ne me dites rien de ce que vous savez sur elle.

Et puis vous avez dit :

— Je ne sais rien sur Théodora que ces dernières pages de *Outside*.

— Donc comment elle fait l'amour avec cet amant vous le saviez.

— Oui. Je savais que c'était comme ça que les femmes des déportés prenaient leurs *maris* quand ils revenaient des camps du Nord de l'Allemagne nazie, exténués.

J'ai dit que peut-être je ne le finirai jamais Théodora, que c'était presque sûr. Que c'était la seule fois de ma vie que ça m'était arrivé. Que tout ce que j'avais pu faire c'était de sauver cet extrait-là du manuscrit abandonné. Que c'était un livre que je ne pouvais pas écrire sans aussitôt m'égarer vers d'autres livres que jamais je n'avais décidé d'écrire.

Après vous êtes allé sur le balcon, vous êtes allé jusqu'à la balustrade de la mer. Je n'ai plus rien entendu de vous.

On s'est couchés avec la lune dans le ciel sombre et bleu. C'est le lendemain qu'on a fait l'amour.

Vous êtes venu me rejoindre dans ma chambre. Nous n'avons pas dit un mot. On était nourris du corps d'enfant de Théodora Kats, de ce corps infirme, de son regard clair, de ses cris pour appeler sa mère avant la balle dans la nuque du soldat allemand chargé de l'ordre du camp.

Après, vous m'avez dit que j'avais un corps in-croyablement jeune. J'ai hésité à publier cette phrase. Mais je n'en n'ai pas eu la force. J'écris aussi des choses que je ne comprends pas. Je les laisse dans mes livres et je les relis et alors elles prennent un sens. J'ai dit qu'on me l'avait toujours dit même l'Amant de la Chine du Nord, j'avais 14 ans alors, même pas, et on a ri. Et encore le désir est revenu, sans un mot, sans un baiser. Et puis après l'amour vous m'avez parlé de Théodora Kats. De ces mots : Théodora Kats. Même le nom, vous avez dit, est fou-droyant.

Vous m'avez demandé :

— Pourquoi ça, tout à coup, cette diffi-culté ?

J'ai dit :

— Je ne sais pas, ce que je sais c'est que ça peut venir de ça, qu'on m'a dit, qu'à la période où elle, Théodora Kats avait été déportée, il n'y avait pas encore de crématoires. Que les corps pourris-saient à même la terre des fosses. Que les créma-

31

toires étaient venus après, plus tard, après la Solution Finale de 1942.

Vous avez demandé si c'était ça qui m'avait fait abandonner Théodora Kats à son sort.

J'ai dit :

— Peut-être, du moment qu'elle était morte depuis longtemps et oubliée de tous, même de moi sans doute. Qu'elle était si jeune, vingt-trois, vingt-cinq ans au plus.

Et infirme, elle avait dû être, mais que ce n'était pas grave, une légère claudication de sa cheville gauche, je croyais me souvenir.

Vous avez demandé :

— Est-ce que les Allemands ont oublié ?

— Oui. Sans ça, rien que d'apprendre qu'ils étaient Allemands, irrémédiablement Allemands, ils auraient pu en mourir.

— Vous l'avez espéré ?

— Oui. C'est trois ans après la guerre que le temps a commencé à se remettre en marche.

D'abord pour eux, les Allemands, comme toujours, et puis après pour les autres peuples. Pour eux, les Juifs, jamais.

Vous m'avez demandé de vous parler encore de Théodora Kats, même si vous ne saviez que très peu sur elle.

Alors ce soir-là je vous ai parlé de Théodora Kats, de cette personne dont je croyais que c'était elle, Théodora Kats, encore elle, encore vivante, mais après la guerre, dans l'année qui avait suivi la fin de la guerre. Je vous ai dit que son hôtel était en Suisse, que c'est dans cet Hôtel de la Vallée que Théodora Kats aurait habité en dernier avant de mourir et qu'on avait mis là dans cet hôtel suisse — un bâtiment carré avec un bassin et des statues de baigneuses — des enfants rapatriés des camps nazis qu'on avait retrouvés mourants dans ces camps et que toute la journée ces enfants dont on ne savait rien, ils hurlaient et mangeaient et riaient, que c'était impossible de

34

vivre là, dans cet hôtel, dans ce lieu des enfants restés en vie. Et que néanmoins c'était dans cet Hôtel de la Vallée que Théodora Kats avait été vraiment heureuse semblait-il.

Vous avez demandé avec une douceur que je ne vous connaissais pas :

— Des enfants orphelins ?

Je n'ai pas pu vous répondre. Vous, vous avez demandé :

— Juifs ?

J'ai dit que sans doute, oui. J'ai dit aussi qu'il ne fallait plus généraliser, plus jamais. Et quand même j'ai pleuré parce que j'étais toujours avec les enfants juifs. J'ai dit : Oui, Juifs.

Je vous ai raconté que dans cet hôtel suisse, les enfants, ils volaient la nourriture, le pain, les gâteaux, et ils les cachaient. Ils cachaient tout. Et ils se mettaient tout nus et ils plongeaient dans la fontaine. L'eau, ils en étaient fous. Et on les regardait. On ne pouvait plus rien faire d'autre dans cet hôtel. Et ils se blessaient dans ce bassin en ciment mais leur bonheur était tel qu'ils ne le sentaient pas. Quelquefois l'eau du bassin était rose de leur sang et on la changeait. On ne pouvait rien leur interdire. Rien.

Quand on voulait caresser leur visage, ils nous griffaient, ils crachaient sur nous.

Beaucoup d'entre eux avaient oublié leur langue natale, leur prénom, leur nom, leurs parents. Ils poussaient des cris tous différents et alors ils se comprenaient. D'après ce qu'on racontait dans cet hôtel, à cette époque-là, ils venaient tous de la Pologne, de l'immense ghetto de Vilna grand comme une région.

— C'est à cause de ces enfants que Théodora avait fui cet hôtel pour pouvoir continuer à vivre.

J'avais dit que c'était possible qu'elle ait fui de cet hôtel mais que moi je ne le croyais pas.

J'ai dit que Théodora dépendait de moi. Que dès que je l'ai connue, même si j'avais peu écrit sur elle, elle dépendait de moi.

J'ai dit qu'il me semblait que ça dépendait aussi des moments. La nuit je croyais l'avoir déjà vue, Théodora. Certains jours je croyais que je l'avais connue, avant la guerre à Paris. Le matin je ne savais plus rien. Le matin je croyais que je n'avais jamais connu Théodora Kats. Jamais, nulle part.

— Vous l'aviez inventé, le nom Théodora.

— Oui. J'avais inventé tout de cette jeune femme, la couleur verte des yeux, la beauté du corps, sa voix puisque je savais qu'elle avait été gazée. Et j'ai reconnu ce prénom quand on me l'a dit pour la première fois. Je ne pouvais que l'avoir inventé. J'ai inventé le nom, peut-être, pour pouvoir parler des Juifs assassinés par les Allemands.

Vous avez dit :

— On devrait dire : les nazis.

J'ai dit que je n'avais jamais dit : nazis, pour désigner les Allemands. Que je continuerai à dire ainsi : les Allemands. Que je croyais que jamais certains Allemands ne reviendraient de leurs

37

massacres, de leurs chambres à gaz, de leur mise à mort de tous les nouveaux-nés juifs, de leurs expériences chirurgicales sur les adolescents juifs. Jamais.

Elle habitait une petite chambre rue de l'Université ou dans les parages... Elle était très seule. Le visage était magnifique. C'était aussi une amie de Betty Fernandez qui lui avait prêté cette chambre dès l'arrivée des Allemands.

Ce que je retiens surtout, c'était le désir fou de Théodora Kats d'apprendre la langue française jusqu'à pouvoir écrire dans cette langue-là.

J'ai pleuré. Et on a cessé de parler. C'était la fin de la nuit. J'ai pleuré dans le lit où nous nous étions réfugiés après avoir parlé des enfants. Vous avez dit :

— Ne pleurez plus.

J'ai dit que je ne pouvais rien contre ces

pleurs-là. Qu'ils étaient devenus pour moi comme un devoir, une nécessité de ma vie. Que moi je pouvais pleurer de tout mon corps, de toute ma vie, que c'était une chance que j'avais, je le savais. Qu'écrire pour moi, c'était comme pleurer. Qu'il n'y avait pas de livre joyeux sans indécence. Que le deuil devrait se porter comme s'il était à lui seul une civilisation, celle de toutes les mémoires de la mort décrétée par les hommes, quelle que soit sa nature, pénitentiaire ou guerrière.

Vous m'avez demandé :

— Que doit-on faire des nazis français ?

— Comme vous je ne sais pas. Les assassiner. Ecoutez-moi, les Français seraient devenus aussi des assassins si on les avait laissés libres de tuer de même les nazis allemands. C'était un déshonneur pour la France de les laisser vivre. Et nous avons encore maintenant la nostalgie de ce meurtre-là que nous n'avons pas commis.

Je me suis mise dans vos bras et nous avons pleuré ensemble. De temps en temps on riait, confus de pleurer et puis les pleurs revenaient et on riait encore de ne rien pouvoir contre cela, pleurer.

Vous avez dit :

— Vous n'avez pas connu Théodora.

— Je l'ai connue si, mais comme les femmes très belles qui auraient passé dans les rues ou les actrices de cinéma, de théâtre, comme les femmes de tout ce peuple. Des femmes connues, belles ou non, mais célèbres et dont on parlait. Oui, tout un peuplement d'elle fait à elle seule, partout. Pendant des années on l'a vue partout, Théodora Kats.

— Quelqu'un savait pour elle...

— Oui. Betty Fernandez qui en avait entendu parler. En 1942 elle aurait été vue dans une gare allemande chaque matin, une sorte de gare de triage pour les convois de Juifs. Là on a trouvé des dessins très beaux, la personne de Théodora. Elle avait dû être déposée là par er-

40

reur dans cette gare de laquelle jamais des déportés juifs n'avaient été embarqués pour les camps
d'Auchvitz. Seule avec le chef de la station on a
dit. Ce qu'on a dit aussi c'est que Théodora
elle-même s'était peut-être trompée sur cet arrêt
du train quand elle était descendue. Ou peut-être
un Allemand lui avait-il dit que c'était là qu'elle
devait descendre, pour la sauver de la mort
peut-être, à cause de son visage, si doux, si beau,
et de sa jeunesse. Elle avait pris sa valise et elle
était descendue là sans poser la moindre question. Si déterminée elle devait être à prendre ce
train-là, si belle, si élégante dans cette robe im-
maculée que personne, aucun des agents du train
ne lui avait demandé son billet. Les dessins au
fusain représentaient toujours la même jeune
femme toujours vêtue des mêmes vêtements
blancs. Soit assise sous un arbre toujours le
même, qui se trouvait dans un coin du jardin
dans un fauteuil blanc toujours face à la gare de
triage. Ces dessins n'étaient pas rangés dans un
seul lieu de la gare. Il y en avait par terre dans la

cour. Il y en avait partout. On a dit : par terre surtout. On a supposé que des gens après la guerre avaient habité la gare et qu'ils avaient été pillés. C'était toujours le même dessin à peu de choses près de Théodora Kats : elle est en blanc, toujours, elle est très anglaise, blanche, coiffée, discrètement fardée, coiffée d'un chapeau de paille, assise sur un fauteuil de toile, sous le même arbre, devant un plateau ordinaire de petit déjeuner. Elle serait restée longtemps là, Théodora. Elle se levait tôt, elle se douchait, cela toujours à la même heure, elle s'habillait et elle allait dans le jardin prendre son breakfast pour ensuite prendre ce train qui sans doute devait une fois la sortir de là, d'Allemagne. Le gardien de la gare lui apportait chaque jour de la bonne nourriture. Il disait que lui aussi, chaque jour, il attendait ce train, que jamais ils n'avaient manqué à l'attendre. Ils attendaient chaque matin chaque jour le même train celui des Juifs. Après chaque train qui passait, chaque jour, elle disait que maintenant ce train devait passer, que c'était

42

impossible de l'attendre encore. J'ai beaucoup pensé à ce passage à heure fixe de ce train. Je crois avoir pensé aussi que pour Théodora Kats ce train était celui de l'espoir de Théodora Kats, celui de la mort par décapitation, celui qui alimentait Auschwitz en chair vivante.

Toute sa vie elle a parlé très peu, Théodora, comme certaines Anglaises, elle trouvait que la parole était bruyante, menteuse et qu'elle, elle avait choisi le silence de l'écrit.

Vous avez demandé dans quelle région de l'Allemagne était la station. Elle, elle croyait que c'était au sud de Cracovie, en descendant vers le Sud, vers la frontière. Dans ces régions maudites. Elle était Anglaise d'origine, mais elle avait grandi en Belgique. Elle connaissait mal la géographie de l'Europe, elle n'aimait que Londres-Paris et les Etats du golfe comme beaucoup d'Anglais.

Vous me demandez si cet homme qui gardait la gare la visitait dans son sommeil. C'était ce que je croyais avoir écrit, oui, quand elle dormait. Je n'étais pas sûre que cet homme n'était pas le chef de cette gare où elle avait vécu pendant deux ans de guerre. Pourquoi pas ? Ou qu'ils s'étaient aimés, cela aussi j'y avais pensé et même que c'était de ce chagrin-là qu'elle aurait pu mourir plus tard.

J'ai dit que je n'ai pas cherché à savoir, que je n'ai rien demandé de pareil sur Théodora, mais je crois que ce n'était pas impossible qu'ils soient devenus des amants.

Vous m'avez demandé ce que je pensais, moi. Je vous ai dit que je n'avais jamais demandé les noms, ni de l'homme, ni de cette jeune femme en blanc, dessinée. J'ai dit que dès que j'ai connu cette histoire, j'avais prononcé ce nom déjà entendu, certes, de Théodora Kats. Puis à la fin, au bout de quelques années, autour de moi, les gens ont nommé ainsi cette femme en blanc égarée dans l'Europe de la mort.

Je vous rappelle que je sais avoir connu Théodora mais que je n'ai de souvenirs que de Betty Fernandez que je connaissais bien et qui, elle, je vous l'ai dit, était une amie de la jeune

Théodora Kats. Que je savais que Betty Fernandez l'aimait beaucoup et qu'elle l'admirait.

Je n'avais jamais oublié ce nom, ce temps, ce
blanc des robes, cette attente innocente du train
de la mort ou de l'amour, on ne savait pas, on n'a
jamais su.

Vous dites que même si je ne connaissais pas
Théodora, que si jamais je ne l'avais jamais appro-
chée je dois vous renseigner sur ce que je crois,
moi, qu'elle aurait pu devenir.

Je crois que, d'après moi, elle était revenue
en Angleterre avant la fin de la guerre. Qu'elle
avait d'abord été employée dans une revue litté-
raire très connue à Londres. Et puis qu'elle s'était
mariée avec G.O. l'écrivain anglais. Qu'elle n'était
pas gaie. Que moi je l'avais surtout connue après
ce mariage avec cet écrivain anglais, G.O., qui
avait eu beaucoup de succès dans le monde entier
et que moi, j'admirais énormément. Elle, elle ne
l'avait jamais aimé beaucoup ni l'écrivain qu'il
était, ni l'homme.

Vous m'avez demandé comment était Théodora à Londres. J'ai dit qu'elle avait grossi. Qu'elle ne faisait plus l'amour avec son mari, qu'elle ne voulait plus ça, jamais, elle disait : Plutôt mourir.

Vous avez dit :

— Est-ce que cette femme, à Londres, était celle de la gare allemande ?

— Je n'ai jamais cherché à vérifier. C'est le plus que je peux dire. Mais quant à moi ce n'était pas impossible. Elle était devenue quelque chose, quand même, même morte elle aurait eu un devenir, elle aurait été réclamée par une famille d'Angleterre ou d'ailleurs. Mais non. Personne n'a réclamé le corps de Théodora Kats.

— Elle est partie de cette gare une fois pourtant.

— Oui. A moins qu'on l'ait découverte dans la gare après la défaite de l'Allemagne nazie et que ceux-ci l'aient laissée là, dans cette gare même comme ils avaient fait dans les camps des « Politiques », par milliers. Pour son amant on n'a jamais su. Rien. Dans cette même gare, elle a été. Je la vois là, encore dans ses tailleurs blancs repassés du jour même, et ce jour-là parsemé des taches de son sang.

Je crois que c'est ce qui a fait que jamais on ne l'a oubliée, c'est ce blanc. C'est ce blanc des robes, ce soin excessif, insolite qu'elle prenait d'elles, qui faisait que jamais, les gens qui avaient entendu parler d'elle ne l'avaient oubliée, ces casquettes de toile également blanches, ses sandales de toile, toutes ces choses, ses gants. Son histoire a traîné dans toute l'Europe. On n'a jamais eu de certitude. On ne sait toujours pas ce qu'elle avait été ni pourquoi elle avait été là, dans cette gare deux ans durant.

Oui, c'est ce blanc des robes, des tailleurs d'été qui a fait son histoire se répandre dans le monde entier : une dame très anglaise dans cette tenue d'un blanc immaculé qui attend le train des fours crématoires.

Pour le monde entier c'est l'image décente de ce blanc qui l'emporte. Et pour d'autres c'est le rire qui a prévalu.

47

— Oui peut-être n'a-t-elle pas d'histoire du tout.

— Peut-être oui. Peut-être était-elle devenue folle d'une folie latente, douce, qui la privait de vouloir voir, savoir, comprendre. Une sorte de folie de la normalité s'était peut-être emparée d'elle, de son esprit, de son corps. Quant à moi j'ai fait de mon mieux pour que le phénomène de la gare se reproduise. Et il s'est reproduit.

Vous m'avez demandé si elle était morte. J'ai dit oui. Et que le cérémonial de la gare s'était reproduit. Elle ne voulait pas être vue à son désavantage à cause de ce cancer qui l'avait fait beaucoup maigrir, qui avait eu raison de sa claire beauté. Alors elle avait loué une chambre dans un grand hôtel près de l'hôpital où elle avait séjourné et où elle avait demandé d'être transportée. Elle avait demandé sa plus belle robe et aussi d'être fardée. C'est là que ses amis l'ont vue pour la dernière fois, morte comme vivante, morte.

Il pleut.

Il pleut sur la mer.

Sur les forêts, sur la plage vide.

Il pleut depuis la nuit. Une pluie fine, légère.

Il n'y a pas encore les parasols de l'été. Le seul mouvement sur les hectares de sable, les colonies de vacances. Cette année ils sont petits, très petits, il me semble. De temps en temps les moniteurs les lâchent sur la plage. Afin de ne pas devenir fous.

Les voici :

Ils crient.

Ils aiment la pluie.

La mer.

Ils crient de plus en plus fort.

Au bout d'une heure ils sont inutilisables. Alors on les met sous les tentes. On les change, on leur frotte le dos contre les rhumes, ils adorent, ils rient, ils crient.

On les fait chanter *Les Lauriers sont coupés.* Ils chantent, mais pas ensemble. C'est toujours pareil avec eux. Ils veulent avant tout qu'on leur raconte. N'importe quoi mais qu'on leur raconte. Chanter ils veulent pas.

Sauf un. Un qui regarde.

L'enfant. Celui aux yeux gris. Il est arrivé avec les autres.

On lui demande : Tu ne cours pas ?

Il fait signe : Non. Beaucoup il se tait cet enfant-là, des heures, il se tait.

On lui demande : Tu pleures pourquoi ? Il répond pas. Il sait pas.

On voudrait que tout fût de la grâce de cet enfant qui pleure. C'est celle de la mer lorsque cet enfant la regarde.

Serait-il malheureux ici ? Il ne répond pas, il fait un signe d'on ne sait quoi, comme celui d'un léger ennui dont il s'excuserait, mais sans importance, vous voyez... rien.

Et tout à coup on voit.

On voit que la splendeur de la mer est là, là aussi, dans les yeux de l'enfant qui la regarde.

L'enfant, il regarde. Tout il regarde, la mer, les plages, le vide. Ses yeux sont gris. GRIS. Comme l'orage, la pierre, le ciel du Nord, la mer, l'intelligence immanente de la matière, de la vie. Gris comme la pensée. Le temps. Les siècles passés et à venir confondus. GRIS.

L'enfant sait-il que sur cette plage il y a quelqu'un qui le garde ? Une jeune fille brune aux yeux à la fois tristes et rieurs ? On ne sait pas. Jeanne elle s'appelle...

Une fois on aurait pu croire qu'il s'était retourné sur elle. Mais non, il avait regardé derrière lui, d'où venait le vent tellement il était fort, ce vent, tout d'une pièce, tellement fort il était qu'on aurait dit qu'il avait changé de sens, qu'il venait des forêts, d'on ne savait quel inconnu, qu'il avait quitté le ciel ici de l'océan pour l'inconnu d'un autre temps.

Oui, c'était ça qu'il regardait : le vent. Le vent qui s'était sauvé sur la mer, une plage entière de vent qui volait au-dessus de la mer.

Celle qui le garde c'est donc elle, cette Jeanne, une monitrice de colonie de vacances, très jeune, rieuse. Elle lui demande : Tu penses à quoi tout le temps ? Il dit qu'il sait pas. Elle dit qu'elle, c'est pareil, elle sait jamais. Alors il la regarde à son tour.

Aujourd'hui sous le ciel nu il y a un cerf-volant comme on en fait en Chine, je ne sais pas bien, mais il me semble reconnaître le rouge de la laque chinoise, celui de la Chine du Nord.

L'enfant est là, il regarde aussi le cerf-volant, le dessin rouge dans le ciel. Il est un peu à l'écart des autres, il ne doit pas le faire exprès, il doit en être ainsi toujours. Comme d'un retard qu'il prendrait sur les autres enfants sans le vouloir jamais.

Quand le cerf-volant était tombé mort l'enfant l'avait regardé, puis il s'était assis sur le sable pour regarder, encore ça, un cerf-volant qui était mort.

Les mouettes sont là aussi, tournées vers le large, le plumage lissé par le vent. Elles restent ainsi posées sur le sable à guetter la désorientation de la pluie. Et tout à coup elles crient, assourdissantes, elles font peur. Puis, sans raison elles fuient vers le large pour tout à coup revenir. Des cinglées, les mouettes, ils disent, les enfants.

Les enfants ont remonté la colline pour aller au réfectoire. La plage s'était vidée, lentement, comme chaque jour à cette heure-là de l'été, celle du déjeuner des enfants des « colos ». Les monitrices les appellent. L'enfant s'est levé, il a attendu la Jeanne. Il a mis sa main dans sa main et il l'a suivie.

Un jour l'été finira. La mémoire vous en vient parfois dans le plein soleil de la plage à travers la transparence des rouleaux de vagues. Quand parfois l'été est à perte de vue répandu, si fort, si blessant, ou sombre, quelquefois illuminant, quand par exemple vous n'êtes pas là, et que je suis seule au monde.

Je ne saurai jamais si l'enfant saura un jour que sur cette plage il y avait quelqu'un qui le regardait beaucoup. Il s'était déjà retourné sur moi mais c'était pour rien regarder, que l'ensemble des troupes des cerfs-volants. Ou le vent. Ou les mouettes. C'est cette jeune monitrice qu'il regarde et dont il sait qu'elle lui a été désignée par les gens des bureaux de la colonie.

C'est la première fois que je vois le corps de l'enfant aussi près de moi. C'est un enfant maigre, grand, trop grand peut-être pour son âge. Six ans il a dit.

Un deuxième cerf-volant part comme un fou dans la direction de la mer et puis il est pris dans les pièges du vent. L'enfant a couru comme pour le rattraper mais le cerf-volant est tombé mort. L'enfant s'est arrêté, il a regardé le cerf-volant mort. Et il est passé.

L'air de la Norma est sorti alors de nouveau de la Résidence. Très loin, la Callas encore a pleuré avec l'enfant sur le cerf-volant mort.

Au milieu du temps mauvais il a fait une heure de soleil, une tiédeur a enveloppé la plage tout à coup. Il n'y a plus eu de vent et on a dit aux enfants qu'ils pouvaient aller se baigner, que l'eau de la mer était chaude après la pluie.

La monitrice ne l'a pas suivi, elle ne l'a plus regardé. Elle le voyait sans le regarder. L'enfant a enlevé sa veste de laine, comme s'il était tout seul dans la vie, il est allé la déposer près d'elle et puis il est parti dans la direction de la mer avec les autres enfants. Il n'a pas parlé de la mort de ce nouveau cerf-volant.

Et très vite il est revenu sur la plage, près d'elle, la jeune monitrice.

L'enfant est en maillot blanc. Maigre. On voit clairement son corps, il est trop grand, comme fait en verre, en vitre, on voit déjà ce que cela va devenir.

La perfection des proportions, des charnières, des longueurs musculaires, on voit. La miraculeuse fragilité des relais, des os, des pliures du cou, des jambes, des mains. On voit.

Et puis la tête portée comme une émergence mathématique, un phare, l'aboutissement d'une fleur.

Et voici : Soudain les nuits ont été chaudes. Et puis les jours.

Et les petits enfants des colonies ont fait la sieste sous les tentes bleues et blanches.

Et l'enfant qui se tait avait les yeux fermés et rien ne le distinguait des autres enfants.

Et la jeune monitrice était venue près de lui. Et il avait ouvert les yeux. Tu dormais ? Toujours ce sourire d'excuse, il ne répond pas. Tu ne sais pas quand tu dors ? Il sourit encore, il dit qu'il ne sait pas bien.

Tu as quel âge ? Six ans et demi il dit. La monitrice, ses lèvres tremblent. Je peux te faire un baiser ? Il sourit, oui. Elle le prend dans ses bras et elle embrasse ses cheveux, ses yeux. Elle a retiré ses bras et ses lèvres du corps de l'enfant. Il y a des larmes dans ses yeux, l'enfant le voit aussi. Il est habitué, cet enfant, il sait que parfois il fait pleurer les gens qui le regardent. Il est habitué cet enfant. Alors il parle des jours derniers, il dit qu'il regrette quand il y avait la tempête, les vagues fortes, la pluie.

— Ça reviendra ? il a demandé.

— Toujours ça revient, a dit la monitrice.

— Tous les jours ? demande l'enfant.

— On sait pas, dit la monitrice.

Quelquefois je vous vois sans vous connaître, sans vous connaître, du tout, du tout, je vous vois loin de cette plage-ci, ailleurs, loin, à l'étranger quelquefois. Votre souvenir est déjà là, en votre présence, mais déjà je ne reconnais plus vos mains. Il semblerait que vos mains, jamais encore je ne les aie vues. Reste vos yeux peut-être. Et votre rire. Et ce sourire latent, toujours prêt à sourdre de votre visage fantastiquement innocent.

Il faisait très beau et je suis allée voir dehors. C'est là que ce serait arrivé. Je vous aurais écrit pour seulement vous dire que ç'aurait été ce matin-là que je vous aurais dit que sans savoir, peut-être, je vous aimais. Vous auriez été devant moi, à m'écouter. Je vous aurais dit aussi que ce matin-ci une fois passé, il aurait été trop tard pour moi vous dire ça : vous aimer et, pour toujours. Trop tard. Que jamais ensuite ne serait revenu le besoin aussi violent de dire ça à vous dans ce palais d'une plage boréale, sous ce ciel de midi, de pluie et de vent.

Et puis, le soleil est revenu, vert et cru. Et il a fait froid.

Le lendemain. C'est le matin.

Les mouettes remontent les sables, elles sont près de l'enfant et de la jeune monitrice.

Dans les yeux de l'enfant il y a de nouveau la légère crainte de la vie.

Brusquement, allez voir pourquoi, toutes les mouettes ensemble vont vers le large, portées par le vent, lissées par lui, blanches et pures comme des colombes.

Et puis, loin dans la mer, et toutes ensemble de même, dans un très large tournant, elles reviennent vers la plage. Mais cette fois elles sont embarquées dans les rafales de ce même vent, cette fois en loques, déchiquetées on dirait, criar-

des, folles, vulgaires, insolentes comme des personnes humaines. Alors l'enfant rit. Et la jeune
monitrice aussi.

L'enfant, en même temps qu'il rit, il voit
combien les mouettes elles sont lentes à revenir
vers leurs terres de sable. Et dans ses yeux il y a
encore cette peur qu'elles n'y arrivent pas, qu'elles
se noient. Mais elles y arrivent. Les voilà. Abru-
ties. Exténuées. Mais Vivantes. Cinglées elles
sont, ces mouettes-là, elle dit, la monitrice. Et
l'enfant, il rit.

Après, les mouettes, elles se reposent
d'abord et puis ensuite elles peignent leur plumage avec leur bec jaune et puis de nouveau elles
crient comme des chiens, des chevaux, à se
boucher les oreilles. Elles surveillent le ciel, et
toujours et surtout la désorientation de la pluie
qu'elles sont seules à savoir déchiffrer. Et déjà se
fait voir le frémissement du sable, le début de la
remontée du rouge-sang des vers de sable vers la
lumière du ciel.

L'enfant regarde les mouettes avaler les

longs vers rouge-sang. Il leur sourit. Quelquefois une mouette s'étrangle avec un ver et l'enfant, il rit.

Oui. Un jour cela arrivera, un jour il vous viendra le regret abominable de cela que vous qualifiez « d'invivable », c'est-à-dire de ce qui a été tenté par vous et moi pendant cet été 80 de pluie et de vent.

Quelquefois c'est au bord de la mer. Quand la plage se vide, à la tombée de la nuit. Après le départ des colonies d'enfants. Sur toute l'étendue des sables tout à coup, ça hurle que Capri c'est fini. Que C'ETAIT LA VILLE DE NOTRE PREMIER AMOUR mais que maintenant c'est fini. FINI.

Il n'y a plus d'éclaircies, il pleut à temps complet, sauf pendant les nuits qui sous le noir du ciel restent éclairées par les nuages. Des gens s'en vont. Les locations sont abandonnées. Mais les monitrices et les colonies de vacances, elles, elles restent. Les enfants sont sous les tentes bleues retenues par des tas de grosses pierres. Et sous ces tentes on chante et on raconte encore. Quoi, on ne sait plus à la fin mais les enfants ils écoutent. Même en chinois, ils écouteraient, en javanais, en américain. Si on veut les faire rire comme des fous on chante en chinois. Alors ils tombent de rire, ils hurlent de rire et après ils chantent tous « en chinois » et les jeunes monitrices elles hurlent de rire comme les enfants.

Les enfants avec parents et villa et automobile ils viennent voir ce qui se passe où ça rit tellement et ils rient eux aussi et ils chantent avec les enfants désargentés.

Les gens rentrent chez eux. Les terrasses des cafés sont battues par la pluie, vidées. Les rues sont désertes. Ceux qui s'obstinent à rester jouent aux boules dans des hangars vides ou au bridge dans les halls des hôtels. Les Casinos marchent de jour et de nuit. Les super-marchés sont combles. Les cafés fonctionnent portes fermées. Ils refusent de servir des cafés aux familles entières. C'est trop bon marché. Ils disent que leur percolateur est en panne et tant qu'à faire ils disent la vérité, à savoir que lorsqu'il pleut ils ne servent que des alcools. Quand il y a des enfants, c'est simple, ils n'ouvrent même pas les portes.

Les colonies de vacances ont déserté la plage. Quand il pleut trop, eh bien, on les tient enfermés dans leur local, ces espèces de grands dortoirs sur la hauteur des collines.

De là, de ces bâtiments, les enfants peuvent voir les immenses déroulements des plages, et loin les enfants peuvent voir d'autres plages encore, celle d'Hennequeville et surtout, au-dessous, les restes des éboulements des falaises qui surplombent la mer, ce vide à perte de vue parsemé de rocs noirs énormes qui ont glissé dans l'argile, il y a de cela soit des siècles disent les monitrices, soit quelques nuits.

Vous me demandez :
— Où est-on ?
— J'ai dit : A S. Thala.
— Et après S. Thala.
J'ai dit qu'après S. Thala c'était encore S. Thala. C'est là. C'est là en effet que se trouve la ville de tout amour.

Après cela il y a les plages de Villerville, dit la monitrice, celle d'Agatha. Après encore c'est Pennedepie, les pieux noirs des ducs d'Albe. Que c'est après l'estuaire que la Seine quitte les terres pour se perdre dans les mers. Reste ce qui a été le port des Bois Africains, les marécages pleins d'anguilles et de carpes, et les fourrés des jeunes lapins. Et puis encore cette Fabrique Allemande en briques rouges et vitres maintenant détruite face à la Seine, la même que celle de Paris. Celle devant laquelle dans un de mes livres vous pleurez, debout sur le sol rouge endiamanté de la poussière de vitres — face à ce fleuve qui tout à coup va à l'océan à la vitesse de la lumière, ses mille chevaux lâchés.

C'est après, encore après, dans les terres alluvionnaires du Marais Vernier que se trouve Quillebœuf où Emily L. a été vue par vous et moi pour la première et la dernière fois de sa vie.

Les enfants sont restés dans ces locaux des colonies de vacances que les municipalités leur ont affectés. C'est sur les hauteurs au-dessus de la résidence des Roches Noires. On leur a mis des tricots à cause du froid, de ce froid de la pluie qui enrhume les enfants. Et après on les a fait chanter. Ils ont chanté mais pas beaucoup. Beaucoup se sont allongés sur le sol et ils ont dormi et on les avait laissés là. Beaucoup de monitrices s'étaient endormies elles aussi par terre de même que les enfants.

Vous comprenez, comment résister à ça, à quelqu'un d'une telle enfance qui veut tout ensemble, tout à la fois. Déchirer les livres, les brûler. Et avoir peur pour eux de leur disparition. Vous saviez que le livre existait déjà. Vous me disiez : Qu'est-ce que vous croyez faire ? Qu'est-ce que ça veut dire ça ? Etre à écrire tout le temps toute la journée ? Vous serez abandonnée par tous, parce que vous êtes folle, intenable à vivre. Une connarde... Vous ne voyez même plus que vous embarrassez les tables avec vos brouillons partout, des piles et des piles...

Il arrive qu'on rie ensemble de vos rages. Tout d'un coup. Il vous arrive aussi d'avoir peur que je jette le livre dans la mer ou que je le brûle. Quelquefois vous revenez à cinq heures du matin de vos rallyes, de vos séances de contemplation de ces ineffables barmen des grands hôtels de la colline, ceux classés les plus luxueux du monde. Et de ces merveilles vous êtes heureux de revenir. Souvent je dors quand vous rentrez. Je vous entends aller dans la salle de séjour pour vérifier si le manuscrit est bien là, sur la table et puis dans la cuisine voir s'il y a encore du café dans le paquet et du pain, et du beurre et du café !

J'ai commencé à ne plus vous parler, à seulement vous dire bonjour dans le bonheur. A vous laisser seul. A vous acheter des steacks. A vous voir seulement le matin sortir hirsute de votre chambre à la recherche d'un café noir et à rire jusqu'aux larmes de votre air, de votre inspection.

Vous étiez terrible, souvent j'avais peur de vous. Et autour de nous on avait peur pour moi. Je trouvais que vous étiez de plus en plus sincère, mais que c'était trop tard pour moi, que je ne pouvais plus vous arrêter. Comme je n'ai jamais pu arrêter la peur de vous. Vous ne savez pas dispendier la peur d'être tuée par vous. Toutes mes amies ou connaissances sont enchantées par votre douceur. Vous êtes ma meilleure carte de visite. Moi, votre douceur, elle me ramène à la mort que vous devez rêver de me donner sans le savoir du tout.

Quelquefois, dès votre réveil j'ai peur. Comme tous les hommes chaque jour, que ce soit pendant seulement quelques secondes vous devenez un tueur de femmes. Ça peut se produire tous les jours. Quelquefois vous faites peur comme un chasseur égaré, un criminel en fuite. Et de cela, autour de moi il arrivait qu'on ait peur pour moi. Moi j'ai gardé ça, j'ai peur de vous. Chaque jour à des moments très brefs qui vous échappent j'ai peur de votre regard sur moi.

Quelquefois votre seul regard me fait peur. Quelquefois jamais je ne t'ai encore vu. Je ne sais plus ce que tu es venu chercher ici dans cette station balnéaire à grand public, dans cette saison mortelle, comble, où tu es encore plus seul que dans ton chef-lieu.

Afin peut-être d'en arriver à vous tuer, je ne sais pas, il m'arrive de ne jamais t'avoir vu. De t'ignorer jusqu'à l'épouvante. De ne plus savoir du tout pourquoi tu es là, ce que tu es venu chercher là et aussi ce que tu vas devenir. Le devenir étant le seul sujet que jamais nous abordons.

Toi non plus tu ne dois plus le savoir ce que tu fais ici, chez cette femme âgée déjà, folle d'écrire.

Peut-être que c'est comme d'habitude, que c'est partout pareil, que ce n'est rien, que tu es venu simplement parce que tu étais désespéré, comme chaque jour de ta vie tu l'es et aussi pendant certains étés à certaines heures des jours et des nuits quand le soleil quitte le ciel par exemple et qu'il pénètre dans la mer chaque soir pour toujours, toi tu ne peux pas t'empêcher de vouloir mourir. Je le sais, ça.

Je nous vois perdus tous les deux dans la

même sorte de nature. Il m'arrive d'être prise de tendresse pour la sorte de gens que nous sommes. Instables disent les gens, fous un peu. « Des gens qui ne vont plus au cinéma, ni au théâtre, ni aux réceptions ». Des gens de gauche, voyez, ils sont comme ça, ils ne savent plus vivre, Cannes ça les dégoûte et aussi les grands hôtels marocains. Le cinéma, et le théâtre tout pareil.

Le vent a recommencé. Et de nouveau le ciel est devenu noir.

La mer est redevenue à perte de vue une immensité de pluie.

Le long du mur, sous un auvent, il y avait l'enfant. Il regardait la mer, il ne jouait pas avec les petits cailloux ramassés sur la plage. Il les tenait serrés dans ses mains fermées. Il portait un vêtement rouge. A côté de lui il y avait la jeune monitrice. Elle le regardait lui, et la pluie et encore lui, cet enfant. Les yeux de l'enfant étaient plus clairs que d'habitude, plus grands, plus effrayants aussi à cause de l'amplitude aveugle de ce qu'il y avait à voir.

Et une fois peu après ce jour-là, je m'en souviens, la monitrice est entrée dans une grande tente blanche. Elle a commencé à raconter une histoire de la mer et d'un enfant. Tous les enfants regardaient la mer.

Il était une fois, dit la jeune monitrice, il était une fois un petit garçon qui s'appelait David. Il était parti avec ses parents faire le tour du monde sur un bateau de plaisance, l'Amiral Système.

Et voilà qu'un jour la mer devient mauvaise.

Et, si mauvaise était la mer, que l'Amiral Système il avait coulé corps et biens, sauf lui, cet espèce de petit David. Figurez-vous aussi qu'un requin il passait par là et qu'il lui avait dit, allez, monte sur mon dos petit enfant. Et que les voilà partis tous les deux sur la mer.

— Oh la la, ils disent les enfants.

La jeune monitrice, s'arrête, et reprend :

Le requin va très vite à la surface de la mer, dit la monitrice.

Et puis, elle s'arrête, elle s'endort. Ils crient. Elle recommence.

La monitrice raconte lentement et très bien, elle veut que les enfants restent tranquilles et les enfants ils restent tranquilles complètement.

Ratékétaboum est le nom du requin, répète-t-elle, il faut retenir ce mot sans ça vous ne comprendrez rien.

A ce nom de requin des enfants rient beaucoup, certains, ils rient du requin. D'autres ils rient de la monitrice.

Les enfants répètent n'importe quoi. Les enfants répètent en cadence Boum Boum télé. Télé Ratéké, ils disent, c'est pareil.

L'enfant qui se tait écoute-t-il l'histoire de David racontée par la jeune monitrice ? On ne peut pas savoir, mais sans doute, oui, c'est un enfant qui écoute tout. Ce soir c'est un peu comme si c'était la première fois qu'il écoutait une histoire. Il regarde la jeune monitrice, mais dans ses yeux gris on ne voit rien sauf que ses yeux regardent vers la monitrice mais comme ils regarderaient vers les mouettes, la mer, au-delà des plages, au-delà de la mer, au-delà du vent, des sables et des nuages, des mouettes criardes et des vers rouges assassinés. David, elle raconte, la monitrice, et ce requin aussi avec cette espèce de nom qu'il ne sait pas dire...

La mer est d'un bleu laiteux. Il n'y a pas de vent qui emporte l'histoire de David racontée par la jeune fille. Elle s'est allongée sur une toile de tente, elle regarde vers le ciel et elle raconte n'importe quoi et elle rit. Et les enfants rient et écoutent de toutes leurs forces.

Le temps est si calme que voilà les bandes d'hirondelles qui viennent, à leur tour, elles tournent au-dessus de la plage, ravissantes, de velours gris, comme folles des enfants, de la chair des enfants. Les enfants, eux, ça les fait rire...

Le requin gronde David qui pleure, continue la monitrice. David, il lui rappelle que c'est lui qui a avalé le père et la mère de David et que ce n'est pas délicat de la part de David de pleurer devant lui.

La jeune monitrice, tout à coup, paraît s'être endormie. Les enfants crient.

— Alors tu vas la raconter cette histoire, ou on te tape, crient les enfants.

L'île apparaît, dit la monitrice en riant.

Elle a oublié puis elle se souvient, elle dit :

Mais c'est une île équatoriale ! dit David.

Et puis elle a encore oublié la suite, elle dit.

— J'ai oublié, elle dit, excusez-moi.

Alors les enfants ils hurlent :

— Jamais jamais.

Alors elle raconte quand même. Et les enfants ils écoutent pareil mais à la fin ils s'aperçoivent qu'elle ne raconte plus la même histoire, celle qu'elle avait commencée et encore ils crient :

— Alors tu vas la raconter cette histoire ou on te tape. Alors elle raconte :

Mais c'est l'île équatoriale, dit David.

Exact, dit le requin.

Alors elle dit qu'elle sait plus rien du tout, mais rien à un point...

Et elle s'endort.

C'est le soir d'un jour clair, sans soleil. Sur le chemin de planches passe la jeune monitrice de la plage. Elle est avec l'enfant. Il marche un peu à côté d'elle. Ils vont lentement. Elle lui parle. Elle lui dit qu'elle l'aime. Qu'elle aime un enfant.

Elle lui dit son âge à elle, dix-huit ans, et son nom. Elle lui demande de le répéter. L'enfant répète le nom, l'âge. Il dit Jeanne. Et il dit 18 ans. Puis il répète le mot Jeanne, encore. Alors il demande : Jeanne comment... La jeune fille elle dit : Goldberg, Jeanne Goldberg.

L'enfant et elle, la monitrice. Ils marchent ensemble. Ils sont maigres, minces, ils ont le même corps, la même démarche lasse, longue. Ce matin ils marchent le long de la mer. Pareils, les deux. Des Ougandais blancs, tombés du ciel.

On dirait qu'une inquiétude commence à se répandre chez les autres monitrices et les cheftaines. Parce qu'ils ne se quittent pas.

Sous le réverbère elle s'est arrêtée, elle a pris le visage de l'enfant dans ses mains, elle l'a levé vers la lumière pour voir ses yeux : gris, elle dit. Puis elle a lâché son visage, elle lui a parlé.

Elle lui dit qu'il se souviendra toute sa vie de cet été 80, celui de ses six ans. De regarder tout.

Les étoiles aussi. Et aussi la longue file des pétroliers d'Antifer. Tout. Elle lui dit de bien regarder, ce soir. La mer, la ville, les villes, là-bas de l'autre côté du fleuve, les phares qui tournent, regarde bien et les bateaux en mer de toutes les sortes, les pétroliers noirs, si beaux. Et les grands ferry anglais, les bateaux blancs... Et tous les bateaux de pêche, — Regarde là-bas toutes ces lumières — et elle lui dit de bien écouter tous les bruits de la nuit. Que c'est l'été de ses six ans. Que jamais plus dans sa vie, ce chiffre ne reviendra. Et de bien se souvenir de la rue de Londres — qu'ils sont les seuls à connaître elle et lui — qui est le Temple du Soleil. Elle lui dit que lorsqu'il aura seize ans, à cette date d'aujourd'hui il pourra venir, qu'elle sera là à cet endroit ici de la plage mais à une heure plus tardive, vers minuit. Il dit qu'il ne comprend pas très bien ce qu'elle dit mais qu'il viendra.

Elle dit qu'elle, elle le reconnaîtra, qu'il devra l'attendre face à la rue de Londres. Qu'il ne peut pas se tromper.

Elle dit : On fera l'amour ensemble toi et moi.

Il dit oui. Il dit pas qu'il comprend pas.

Elle dit : La mer sera déserte, ce sera la nuit déjà et les plages seront vides, tout le monde sera à la fête de famille.

Ils marchent tous les deux vers la mer jusqu'à disparaître dans les sables, jusqu'à l'épouvante des gens qui les suivent des yeux.

Cela jusqu'à ce qu'ils reviennent vers les tennis.

Elle le porte sur ses épaules. Elle chante qu'à la claire fontaine elle s'est reposée et que jamais jamais elle ne l'oublierait.

Ils marchent longtemps. C'est tard déjà et les plages sont désertes.

Ils quittent le chemin des planches, ils disparaissent dans les collines.

Après leur départ il ne fait pas encore tout à fait nuit. Il dit qu'il voudrait lui dire quelque chose.

Alors la jeune monitrice pleure encore et elle

lui dit que ce n'est pas la peine, qu'elle sait ce qu'il aurait voulu lui dire mais que ce n'est pas la peine, qu'elle sait, qu'on lui a dit au bureau de l'orphelinat. Et puis elle se cache le visage et elle pleure et elle raconte la suite de l'histoire de David.

Les autres enfants, toujours ils rappliquent quand ça raconte, les monitrices.

Alors dit la monitrice, voici l'île équatoriale. Ratékétaboum pose David sur une plage. Te voilà dans l'île de la Source, il dit à David. David demande où est la Source. Le requin dit qu'elle habite une grande cage de fer la Source. David dit, je vous remercie. David remercie le requin. Merci, Monsieur, dit David. De rien, dit le requin, mais qu'allez-vous devenir ? Je trouverai, dit David, et vous qu'allez-vous devenir de votre côté ? Rien, comme vous, dit le requin. Que d'ailleurs il allait partir pour le Guatemala. Il demande : Quoi faire d'autre ? David est d'accord. Un peu de mer chaude en hiver c'est bon pour la bronchite chronique dit le requin. Il regarde intensément David : à le voir si frais, si bien nourri, il tombe dans une dépression évidente, il se met à parler très haut, à une vitesse anormale, dans une langue n'importe comment, de grognements et de hoquets, d'exclamations incroyables, de claquements de dents et etc. Alors David lui dit de se calmer. D'accord, dit le requin. Et le requin il se calme.

Et les enfants ils demandent à la jeune fille de parler un peu « n'importe comment ». Elle, elle veut pas.

Alors ils se quittent le requin et David. Ils se souhaitent bon séjour bon voyage, bonne santé bonne année et ils se quittent. Quoi faire d'autre en effet ?

Après le départ du requin, David s'endort et puis il se réveille, et puis il se rendort encore, et longtemps comme ça, aller et retour. Et puis un soir il arrive quelque chose à David. Le ciel est de la couleur d'orage et d'or de la mer, elle est aussi sombre que celle de la nuit — et cela subitement, sans qu'on ait eu le temps de comprendre quelque chose.

Et voilà que tout à coup, au lieu de raconter, la jeune monitrice, elle se couche dans le sable et elle dit qu'elle a sommeil. Alors les enfants, ils hurlent, ils la tapent, ils lui disent sale méchante et elle, elle rit. Alors tu vas raconter oui ou non, ou on te tue. Et elle encore elle rit. Elle s'endort en riant, et eux ils vont se baigner dans la mer. Sauf lui, l'enfant aux yeux gris, il reste près du corps endormi d'elle.

Un matin le ciel est de laque bleue, le soleil est encore derrière les collines. Sur le chemin de planches l'enfant est passé. Je le regarde. Je le regarde jusqu'à ce qu'il disparaisse. Et puis je ferme les yeux pour encore retrouver l'immensité du regard gris.

La jeune monitrice s'arrête sur le chemin de planches et regarde revenir l'enfant. Le voici. Il regarde la carte postale qu'elle lui a dit d'acheter, il savait que c'était au bazar qu'on trouvait à acheter les plus belles des cartes postales. Elle le lui avait dit. Il avait fait comme elle disait qu'il fallait faire.

La jeune fille écrit sur la carte postale.

Sur la carte postale, du côté de l'écriture, il y a maintenant le nom de la jeune fille, la date, 30 Juillet 1980, et la date et l'heure à laquelle il devra venir dans dix ans, le 30 Juillet 1990, minuit.

Du côté de l'image il y a l'endroit de la plage de la veille, au croisement du chemin des tennis, de la promenade et de la rue de Londres, si belle, elle dit, la plus belle de toutes, sa préférée, belle comme un tunnel de lumière de soleil face à la mer.

Dans la mer de même que dans le sommeil, je ne distingue pas l'enfant des autres enfants. Je le vois quand elle le rejoint. Je les regarde. La mer est basse. Le soleil est énorme, il va d'un horizon à l'autre, jaune comme l'or.

En ce moment cela se produit, elle le rejoint et je le vois. Elle le prend sur ses épaules et ils

avancent dans la mer comme pour mourir ensemble. Mais non. L'enfant se laisse traîner par elle
dans les eaux de la mer. Il a encore un peu peur,
d'une peur qui le fait rire, rire, beaucoup.

Ils sortent de la mer. C'est elle qui essuie son
corps. Et puis elle le laisse. Et puis, elle, elle
retourne dans la mer. Il la regarde. Elle marche,
elle va loin, à marée basse il faut marcher loin
pour atteindre la mer profonde. L'enfant ne la
quitte pas des yeux. Il est toujours dans la peur
lorsqu'elle se sauve sur la mer, mais il dit rien. Elle
s'allonge sur la mer et part. A peine se retourne-
t-elle pour envoyer un baiser dans la direction de
l'enfant. Et puis il ne la voit plus, elle va vers le
large, tête baissée dans la mer. Il la regarde
toujours. Autour d'elle la mer est oubliée du vent,
elle est délaissée par sa propre puissance, elle a la
grâce d'une endormie profonde.

L'enfant s'est assis.

Toujours il la regarde.

La jeune fille revient. Toujours elle revient, la jeune fille. Toujours elle est revenue. Puis elle lui demande s'il se souvient de son nom qu'elle a écrit sur la carte postale. Il dit un nom et un prénom. Elle dit que c'est ça, que c'est son nom.

La monitrice s'est endormie.

L'enfant regarde cette plage avec insistance, il ne comprend pas bien comment cette plage se trouve là et qu'il ne l'ait jamais vue. Puis à la fin il ne cherche plus à comprendre, il se rapproche d'elle, la monitrice. Elle dort. Il met doucement sa main sous la sienne des fois qu'elle l'oublierait. Sa main à elle n'a pas bougé. Tout de suite après, l'enfant à son tour il dort.

Puis le soleil est revenu encore le jour d'après, alors qu'on ne l'attendait plus il a été là de nouveau dans le ciel parfait. Dessous, la mer était plate, aussi innocente, aussi lisse que le ciel. On voyait jusqu'après le Havre, Sainte-Adresse et même Antifer.

Dans la chambre noire on regardait la clarté de la nuit, sa transparence. Vous y étiez près de moi. J'ai dit : Il faut que quelqu'un, une fois, dise la beauté d'Antifer. Qu'il dise comment c'est à la fois seul et devant Dieu. Sauvage et nu le long des murailles des premiers âges et à la dimension de l'absence absolue d'un possible de Dieu.

La jeune fille revient de se baigner dans la mer. Elle est nue elle aussi, comme l'enfant, son corps est maintenant étendu auprès de celui de l'enfant.

Ils se taisent, les yeux fermés, longtemps.

Et puis elle a parlé à l'enfant de cette histoire du requin.

Ce soir-là, couleur d'orage et d'or, elle dit, la jeune monitrice, David entend un bruit, un bruit vivant, on pleure dans l'île mais sans colère, sans bien savoir que l'on pleure peut-être, en dormant peut-être.

David cherche, il se retourne et il voit toute la compagnie des animaux de l'île allongée dans la lumière dorée. C'est une grande étendue fauve trouée par les diamants des yeux. Des yeux qui tous regardent David.

Je suis l'enfant perdu, crie David, n'ayez pas peur.

Alors les animaux se sont approchés de David.

Qui pleure ? demande David.

La Source, disent les animaux.

Et des bruits de pleurs très doux sont alors arrivés de la mer.

Chaque soir elle pleure. C'est une Source qui pleure parce qu'elle vient d'un pays lointain, le Guatemala ça s'appelle, et que pour venir elle traverse deux océans et vingt-deux continents du fond des mers.

Et elle a 700 millions d'années, dit un vieux lièvre, alors maintenant elle en a assez et elle désire la mort, et la nuit venue la Source appelle la mort.

David ne répond pas.

C'est pour ça qu'elle pleure, vous comprenez, dit une très petite panthère.

Faut se mettre à sa place, dit un petit singe blanc.

On dirait qu'elle écoute, dit David.

On appelle, écoutez... c'est la Source, notre mère à tous, notre grande métèque des océans. La grande Source équatoriale du Nord de la terre, dit le petit singe blanc.

Tous les animaux écoutent. David aussi.

Qui est arrivé dans l'île ? demande la petite voix de la Source.

Un enfant, dit le jeune buffle asiatique.

Ah, un petit d'homme...

C'est ça.

A-t-il des mains cet enfant ? demande encore la Source.

Oui, disent tous les animaux ensemble, au moins deux, il semblerait...

David montre ses mains aux animaux et à la Source.

Il ramasse une pierre, disent les animaux.

Il la lance en l'air.

Il la rattrape.

C'est lui, l'harmonica, ce soir, alors ? demande la Source.

Ce soir c'est lui, disent les animaux. Ils sont heureux pour la Source. Les autres jours les animaux ils ne savent pas qui c'est, mais ce soir c'est bien lui, l'harmonica.

Dieu soit béni, dit la Source.

Oui répètent les animaux.

Dans un charabia merveilleux la Source dit une prière. Les animaux répondent dans leur façon de dire et ça fait une belle cacophonie.

Et puis : Et tuer, est-ce qu'il sait l'enfant ? demande la Source, hypocrite.

Non disent les animaux. Puis les animaux, ils attendent, ils restent là pour empêcher la Source de faire des bêtises.

Non, disent les animaux, non et non... il tue rien, l'enfant. Rien.

La Source ne dit plus rien. Et puis voilà que tout à coup dans le calme du soir on entend un énorme ruissellement d'eau.

La voilà qui sort de la Citerne Atlantique, disent les animaux.

La Source apparaît.

La jeune fille dit que la Source c'est une personne et en même temps c'est une montagne d'eau, vitreuse comme l'émeraude. Qu'elle est sans bras, sans visage, aveugle, qu'elle marche très lentement pour ne pas défaire les plis d'eaux qu'elle porte drapés autour d'elle sur ses jupes.

Elle cherche les mains de David, la Source, elle dit.

Le couchant entre dans ses yeux morts et puis il fait nuit.

David, David, elle appelle, la Source.

Elle cherche David pour mourir. Et l'enfant regarde autour de lui.

Elle pleure. David, David, elle crie.

Alors voilà ce que fait David : David sort son harmonica et il joue une très vieille polka du Guatemala.

Alors... alors... écoutez bien... voilà que la Source s'arrête, interdite, et puis qu'avec une grande et jeune lenteur, elle se met à danser avec une grâce de déesse la lente et si douce polka de son Guatemala natal.

Jusqu'à l'aube, elle avait dansé dit la jeune monitrice et lorsque le jour était venu elle dansait en dormant. Alors les animaux de l'île l'ont ramenée très lentement dans la grotte sombre de la Citerne Atlantique. Ils réchauffaient son corps d'ombre par des baisers et ces baisers lui rendaient la vie.

La jeune monitrice se tait. L'enfant aux yeux gris s'était couché le long d'elle et il s'était endormi. Il avait posé ses mains sur les jeunes seins de la jeune fille. Elle n'avait pas bougé, elle avait laissé faire. Sous la robe il avait trouvé les seins. Ses mains étaient glacées par le vent de la mer. Il était émerveillé. Il les serrait fort, il faisait mal, il ne pouvait pas les laisser, il ne pouvait pas les oublier et quand elle a retiré ses mains de ses seins ses yeux avaient pleuré.

On se dit des choses qui n'ont rien à voir avec les événements de l'après-midi et de la nuit qui vient mais qui ont trait à Dieu, à son absence si présente, comme les seins de la jeune fille.

Une dernière fois la Callas a chanté son désespoir et Capri est arrivé sur elle pour la tuer. Une fois la Norma massacrée, les hurlements de Capri c'est fini ont régné sur les plages, les Etats, les Villes, les Océans et l'existence éclatante de la fin du monde a été confirmée.

Août 1980.

Près de moi cette plage comble, cette révolution solaire dans le cercle du ciel.

Août 1980. Gdansk.

Le port de Gdansk. Devenu pour le monde entier la souffrance des peuples envahis parce que pauvres et seuls.

Gdansk qui fait trembler comme l'enfant. Seule comme cet enfant. Captive. Strangulée par le fascisme endémique de la Germanie Centrale.

L'enfant passe avec la colonie. Il a regardé derrière lui et puis ensuite il a regardé la mer.

La jeune fille, elle est arrivée plus tard, elle portait le petit déjeuner. Elle a rejoint l'enfant. Elle a mis sa main autour de son cou. Elle lui parle. Il marche la tête légèrement levée vers elle, il l'écoute avec attention, parfois il sourit. Comme elle il sourit. Elle est comme heureuse à cause de Gdansk, elle dit. Lui, il sait rien de Gdansk mais il est content aussi.

Elle raconte les visites du requin à David. Qu'une fois il arrive avec un accent américain, une autre fois avec un accent espagnol, une autre fois avec un accent de rien du tout, un accent éternuant - mouchant - rugissant et il faut le supporter. L'enfant rit. Il rit beaucoup beaucoup. Pendant qu'il rit la jeune fille arrête de raconter. Puis elle reprend. Elle dit qu'une fois il arrive avec une casquette de sport qu'il a trouvée dans les égouts de New York en allant écouter un concert de rock, on ne sait même pas où il est ce concert ni si c'est vraiment un concert, ce fracas qu'il entend, mais le requin, il est comme il est, rien à faire, il est stupide, dit la monitrice.

L'enfant demande ce que le requin va faire à New York.

La jeune monitrice dit que le requin fait la police pour le compte de bancs de harengs et qu'il va dans les ports de New York et de Mandalay pour espionner les pêcheurs, pour ensuite renseigner les harengs. C'est pas joli dit la jeune fille mais c'est comme ça la vie. L'enfant n'a pas bien compris on dirait.

Alors elle dit qu'un jour le requin est revenu à l'île et qu'il a demandé à David de venir, qu'il voulait lui montrer la prairie des Sargasses, là où il n'y a jamais de vent, jamais de vagues, seulement une houle longue et douce. Jamais de froid. Et qu'il arrive quelquefois que la mer devienne blanche du lait d'une mère baleine blessée aux mamelles, qu'on se baigne dans la mer de lait qui sort de ses mamelles et qu'on la boive et qu'on se roule dans sa tiédeur. Que c'est un indescriptible bonheur.

Viens David. Viens. David.

Et David à la fin il vient.

Et le requin pleure et David ne comprend pas pourquoi.

Et tous les animaux de l'île arrivent autour de David et ils commencent à faire leur toilette du soir, à lécher aussi David, leur enfant.

Mais le requin ce qu'il veut c'est aller sur le sable pour voler David. Rien à faire contre ça. On est là, n'aie pas peur disent les animaux à David.

Et David dit au requin : Voilà, ça recommence, personne ne comprend jamais ce que tu veux.

Et le requin, il pleure et il crie encore et encore que ce n'est pas sa faute.

Et voilà David qui pleure avec le requin sur le sort tellement injuste des requins en général.

Et voilà que la lumière devient illuminante, que l'air tout à coup résonne d'un tonnerre liquide et que la grande métèque de tous les océans sort lentement de la citerne Atlantique pour voir le coucher du soleil.

Toujours aveugle et si belle, la source demande qui criait de douleur, que ce n'est pas décent, qu'on ne s'entend plus dans les citernes Atlantiques.

Et voilà que tous les animaux disent ensemble : C'est le requin qui veut manger David. Alors David comprend et il a de la peine pour le requin.

Sont tous dingos dans cette île, dit la grande métèque en français.

L'enfant demande si la Source danse toujours le soir. La jeune monitrice dit oui, chaque soir jusqu'à la nuit venue, et pas toujours en mesure, pas toujours non plus la polka du Guatemala, quelquefois un tango de Carlos d'Alessio. Et quelquefois aussi la lente passacaille funèbre dont personne ici n'est sûr de l'auteur, sans doute un vieil organiste du pays allemand, d'après certains.

L'enfant demande combien de temps David est resté dans l'île. La jeune fille dit deux ans mais elle n'est pas sûre non plus.

Elle lui demande alors s'il veut savoir la fin de l'histoire. Il fait signe que non, qu'il ne veut pas. Il s'arrête de parler. Et il pleure. Il ne veut pas que la Source meure ni le requin. Ni David ? demande la monitrice. Il dit : Ni David.

Et puis la jeune fille pose encore une question à l'enfant, elle lui demande ce que lui aurait préféré que fasse David, qu'il tue la Source ou qu'il la laisse en vie.

L'enfant regarde sans voir la mer et les sables. Il hésite et puis il dit : Qu'il tue la Source.

Et puis l'enfant demande : Et toi ? Elle dit qu'elle, elle ne sait pas. Mais peut-être aussi la tuer, comme lui.

Elle dit qu'on ne sait pas pourquoi on veut la mort de la Source.

L'enfant dit que c'est vrai, on ne sait pas.

De l'autre côté des vitres, tout à coup il y a eu la nuit. Elle était venue sans qu'on ait perçu son arrivée, elle était déjà très sombre. Et on pensait à la sauvagerie de l'enfant et de la mer, à toutes ces différences si ressemblantes.

La jeune fille dit qu'on écrivait toujours sur la fin du monde et sur la mort de l'amour. Elle voit que l'enfant ne comprend pas. Et ils rient de ça tous les deux, très fort, tous les deux. Il dit que c'est pas vrai, qu'on écrit sur le papier. Ils rient. Alors elle dit que l'enfant, il comprend. Ils rient. Elle dit aussi que s'il n'y avait ni la mer ni l'amour personne n'écrirait des livres.

Les colonies de vacances ont traversé l'été. Il y avait là l'enfant aux yeux gris. Près de lui, elle, toujours, cette jeune fille. Tout le monde a chanté, excepté eux, l'enfant et elle, la préposée aux colonies de vacances, cette jeune fille solitaire.

Alors ils sont allés, vous savez, de l'autre côté du môle. Vers les collines d'argile et les rochers noirs. Et là, elle a chanté pour l'enfant qu'à la claire fontaine elle s'était promenée encore et encore, elle avait chanté ça. Elle avait dit que les déportés qui passaient par Rambouillet chantaient aussi cette chanson. Il a demandé qui c'était les déportés.

La mer descendait et la jeune fille a parlé à l'enfant d'une lecture récente, encore brûlante, dont elle ne pouvait pas encore se défaire. Il s'agissait d'un amour qui attendait la mort sans la provoquer, infiniment plus violent que s'il l'eût fait à travers le désir.

La jeune fille a dit à l'enfant que ce qu'il ne comprenait pas dans ce qu'elle lui disait était pareil à ce que, elle, elle ne comprenait pas d'elle-même lorsqu'elle le regardait, lui, l'enfant. Elle lui a dit qu'elle l'aimait. Elle a dit :

— Je t'aime plus que tout.

L'enfant a pleuré.

La jeune fille ne lui a pas demandé pourquoi.

Comme au premier jour la mer porte à la plage les brassées blanches de sa colère, elle les lui ramène comme elle ramènerait un amour passé. Ou les cendres des Juifs calcinés des crématoires allemands jamais oubliés jusqu'à la fin des siècles et des siècles que vivra la Terre.

L'enfant aux yeux gris était là. Et la jeune fille aussi était là.

Ils regardaient la mer pour ne pas se voir, essayer de ne plus se voir jamais.

Et pendant qu'ils regardaient autre chose l'enfant a pleuré.

Et je les ai ramenés comme je le fais de vous, de la mer et du vent, je les ai enfermés dans cette chambre noire égarée au-dessus du temps. Celle que j'appelle La Chambre des Juifs.

Il a pleuré longtemps l'enfant. La jeune fille l'a laissé pleurer. Il avait oublié la jeune fille.

Et puis la jeune fille a demandé :

— De rien tu te souviens...

L'enfant dit : De rien. Et puis il se tait. Et puis il dit que sa petite sœur, le soldat allemand,

il avait tiré dans sa tête et sa tête, elle avait
éclaté. Qu'elle avait éclaté. Que le sang était
partout. Que le chien aussi il avait été tué par le
soldat allemand parce qu'il s'était jeté sur lui.
Comme il hurlait le chien, l'enfant se souvient
encore.

Quatre ans elle avait la petite sœur. De rien
d'autre l'enfant il se souvient.

L'enfant la regarde, elle. Il a pâli. Il a peur
de dire quelque chose qu'il cache. Il dit qu'il se
souvient pas.

Elle dit rien. Elle le regarde encore. Elle dit :

— On se souvient de rien.

Il dit que sauf pour sa petite sœur Maria, il
se souvient de rien.

Il se tait. Puis il dit :

— Ma mère elle a crié, elle m'a dit de me
sauver, de partir sur la route, très vite, tout de
suite, de raconter à personne pour Maria, jamais,
jamais.

L'enfant se tait tout à coup. Comme si il
perdait la raison. Comme si tout à coup la peur

était redevenue la loi, comme si tout à coup il s'était mis à avoir peur d'elle, à la craindre, cette jeune fille-là.

Elle l'a regardé longuement et elle lui a dit :

— Il faut que tu parles de ça, sans ça on va mourir, toi et moi.

L'enfant ne comprend pas. Elle le voit. Elle dit que sans ça, ça va recommencer.

L'enfant l'a regardée encore et il a souri et il a dit : Tu disais pour rire...

Elle a souri à l'enfant. Il lui a demandé :

— Tu es juif toi aussi ?

Elle a répondu qu'elle aussi elle l'était.

L'enfant n'avait jamais vu une tempête aussi forte et sans doute avait-il peur. Alors la jeune fille l'a pris dans ses bras et ils sont entrés ensemble dans l'écume des vagues.

L'enfant était dans l'épouvante. Il avait oublié la jeune fille.

Et c'est dans cet oubli-là que la jeune fille a

vu les yeux gris de l'enfant dans leur pleine lumière. Alors elle a fermé ses yeux à elle et elle s'est retenue d'avancer plus avant dans l'écume profonde comme elle avait envie de le faire pour le tuer.

L'enfant regardait toujours les vagues, leur arrivée et leur départ. Le léger tremblement de son corps avait cessé.

La jeune fille, le visage détourné de la mer, embrassait les cheveux de l'enfant, leur odeur était celle du vent de la mer, et elle pleurait et ce soir l'enfant savait pourquoi.

Elle a demandé à l'enfant s'il avait froid, il a dit que non. S'il avait peur encore, il a dit que non, il a menti. Il s'est repris. Il a dit : Quelque-fois, la nuit.

L'enfant, lui a demandé si elle ne pouvait pas avancer plus loin, là où les vagues se cassaient et elle a dit que si elle le faisait il était probable que la force de la mer les arracherait l'un à l'autre et qu'elle l'emporterait, lui, l'enfant. L'enfant a ri de ce qu'elle disait comme d'une blague.

Elle l'a questionné sur sa mère. L'enfant ne savait pas où ils avaient été enterrés. Ils ont pris des pilules avec son père, sa mère lui avait toujours dit qu'elle prendrait des pilules. Elle a mis à la porte ses enfants et puis ils ont été morts tout de suite.

Est-ce qu'il les avait vus morts ?

Non. Seulement la petite sœur et le chien.

Les soldats allemands, il les avait vus ?

Non. Sur la route après, quand il est parti, il y en avait qui étaient passés dans une auto.

La jeune fille pleure très fort, en silence. Il la regarde. Il est étonné. Il ne dit rien de ça.

— Et après, qu'est-ce qui t'est arrivé ? Tu te souviens de quoi ?

— Je suis parti sur la route. Et dans un champ il y avait des chevaux et une femme qui avait entendu les coups de fusil. Elle m'a appelé, elle m'a donné du pain et du lait. Je suis resté chez elle, mais elle avait peur des Allemands alors elle m'a caché.

Et puis elle a encore eu peur alors elle m'a mis à l'Assistance.

116

YANN ANDRÉA STEINER

— Tout le temps ?

— Je crois, oui. Le dimanche on allait dans la forêt. Je me rappelle de ça.

— Et à la mer, jamais ?

— Jamais. C'est la première fois.

Elle dit :

— Tu es bien à l'Assistance ?

Il dit que oui, il est bien. Il pleure. Il dit encore : Quand le soldat allemand il a tiré sur ma petite sœur le chien il a sauté sur lui et le soldat il l'a tué lui aussi.

Ils se regardent encore. Il dit :

Je me rappelle bien le chien quand il aboyait.

Puis il ne regarde plus rien l'enfant. Il regarde le vide. Il a dit que sa mère lui avait expliqué qu'ils étaient des Juifs. Que les Allemands, ils assassinaient les Juifs, tous les Juifs.

117

Il demande si ça dure encore, s'ils continuent à assassiner.

La jeune fille dit que non.

Après ils sont partis dans la direction du Nord, vers les prairies marécageuses de la baie de la Seine, devant les quais du Port.

Ils ont traversé les sables découverts et ils sont allés du côté des Pieux Noirs, vers le chenal. A cet endroit la plage est vaseuse dans les creux et la jeune fille avait encore porté l'enfant.

Ils ont traversé la grande étendue des sables de la baie. Les pieux grandissaient à mesure qu'ils avançaient.

Et puis la jeune fille a posé l'enfant et ils sont allés sur le dernier banc de sable avant la Seine, le fleuve elle avait dit, il continuait à couler dans la mer avant de disparaître. Elle lui avait dit de regarder la couleur de l'eau, verte ou bleue.

L'enfant avait regardé.

La jeune fille s'est couchée sur la plage du sable et elle a fermé les yeux.

Alors l'enfant est allé rejoindre des gens qui ramassaient des coquillages près de là. Quand l'enfant était parti elle avait pleuré.

De temps en temps lui, il revenait vers elle.

La jeune fille savait quand il était là à la regarder.

Elle savait aussi quand il repartait vers les pêcheurs et quand il revenait encore vers elle.

Il lui donnait ce que les pêcheurs avaient laissé, des petits crabes gris, des crevettes, des coques vides. Et la jeune fille les jetait dans le trou d'eau au pied du plus haut des pieux noirs.

Et puis la mer, lentement, s'est nacrée de vert.

Et puis la longue file des pétroliers d'Antifer est devenue plus sombre.

Et puis les eaux de la Seine ont commencé à être envahies par celles de la mer. Et les différences entre les eaux de la Seine et celles de la mer se lisaient comme dans une lecture claire.

L'enfant est revenu avec la jeune fille. Il s'est blotti contre elle et ils se sont longuement regardés tous les deux.

Elle l'a longuement regardé. Et elle lui a dit : Tu es l'enfant aux yeux gris, tu es ça. L'enfant a vu qu'elle avait pleuré pendant son absence. L'enfant a dit qu'il aimait pas quand elle pleurait. Qu'il savait que c'était à cause de sa petite sœur mais qu'il ne pouvait pas s'en empêcher quelquefois, de parler de Maria.

Le temps passait, il allait vers l'automne. Mais la fin de l'été n'était pas encore atteinte.

Il a fait froid tout à coup.

La jeune fille a porté l'enfant, elle le serrait

contre elle très fort, elle embrassait son corps. Alors l'enfant a dit que quelquefois il aimait bien qu'elle pleure aussi sur cette petite sœur.

L'enfant regardait vers le chenal, peut-être avait-il peur parce qu'ils étaient maintenant seuls sur toute l'étendue du sable. La jeune fille a dit à l'enfant qu'il ne fallait plus avoir peur. Elle l'a posé par terre et l'enfant n'a plus eu peur et ils ont marché dans le chemin qu'ils avaient pris pour venir, celui entre les champs en friche, ceux envahis par la mer quand elle était haute.

Alors la jeune fille a parlé à l'enfant. Elle lui a dit qu'elle préférait qu'il en soit ainsi entre elle et lui.

Qu'elle préférait que cette histoire en reste là, même si l'enfant ne la comprenait pas, qu'elle en reste dans ce désir-là, même si cela pouvait la porter à se donner la mort. Pas une mort matérielle mais une mort morte, privée de douleur, de descendance, d'enfance, d'amour.

Elle a dit : Que ce soit tout à fait impossible.

Elle a dit : Que ce soit tout à fait désespéré.

Elle a dit que s'il avait été plus grand leur histoire les aurait quittés, qu'elle ne pouvait même pas imaginer une telle chose et que c'était bien qu'il en soit ainsi entre elle et lui. Elle a ajouté qu'il ne comprenait pas tout de ce qu'elle disait, ce n'était pas important. L'enfant pleurait, il pleurait aussi sans raison tout comme si le massacre de la petite sœur ne s'était jamais arrêté et qu'il continuait encore à envahir la terre, lentement, entièrement, la terre entière.

Elle lui a dit aussi qu'elle savait qu'il ne pouvait pas encore comprendre ça qu'elle lui disait mais qu'elle ne le savait pas au point de se taire.

L'enfant écoutait tout. Tout il écoutait cet enfant.

Tout en marchant, parfois il la regardait, longtemps, comme si c'était la première fois qu'il la voyait.

L'enfant n'a rien dit. Pendant un long temps. Il ne disait rien.

Et puis il a dit qu'il était fatigué et qu'elle le prenne dans ses bras encore. Quand il a été là, dans ses bras, il a regardé son visage très longtemps avec une sorte de gravité qu'elle ne lui avait jamais vue et il lui a dit tout bas, tout à coup, comme si on avait pu l'entendre, il lui a dit que si elle ne l'emmenait pas avec elle, lui il se jetterait à la mer pour mourir —, les autres enfants lui avaient dit comment faire pour mourir dans la mer, il savait ça.

C'est à ce moment que la jeune fille a promis de l'emmener avec elle, de toute façon, qu'elle le jurait à lui, que jamais jamais elle le laisserait, elle ne l'oublierait, jamais jamais.

La fin a commencé. La voici :

La directrice de la Colonie regarde vers la colline.

Elle dit : Il faut appeler la police. L'enfant ne revient pas. Ni sa monitrice.

Il faut appeler.

Un appel est parti du côté de l'estuaire de la Touques. Comme ceux de la fin du travail des usines.

La jeune fille s'est allongée derrière un buisson. L'enfant est venu contre elle comme s'il cherchait à se perdre, à disparaître en elle.

L'enfant ne sait pas. L'enfant, il fait peur. Il crie.

Un autre appel a lieu, plus lent, plus doux. Elle dit :

— Va-t'en.

Alors l'enfant il se lève et il regarde. Il regarde de loin les tennis déserts, les villas fermées, et elle, étendue sans force et sans voix et il regarde au loin les cars des banlieues sud, les camions fourgons. Dès lors qu'il les a vus l'enfant a regardé vers les collines. Tout était calme.

Un troisième appel plus long, et plus fort cette fois, est allé se perdre dans la mer. La jeune fille a crié tout bas.

— Va-t'en maintenant. Je t'en supplie.

125

L'enfant a encore une fois regardé ce grand désert de l'été et elle, cette personne inconnue.

Il a dit :

— Viens avec moi.

Elle a dit que non, pas ça. Qu'elle attendra pour le rejoindre mais qu'elle viendra. Cette nuit, elle a dit, ou demain, ou après encore mais pas ce soir, elle dit que ce soir elle n'oserait pas le faire. Elle dit qu'il faut attendre encore. Il a fait comme elle le lui demandait. Lentement il s'est écarté de l'endroit et il s'est mis à marcher. Et puis il a pris la direction de la colline. Et puis il était revenu.

Elle ne le regarde pas partir. Elle chante toujours qu'à la claire fontaine elle s'est reposée.

Elle se repose, étalée de tout son corps, elle chante avec un insolent bonheur.

Dès qu'elle avait chanté l'enfant s'était arrêté et il n'avait plus eu peur.

Ils s'étaient regardés et ils avaient ri brusquement comme dans un éclair de bonheur. Et l'enfant avait compris : que maintenant jamais elle ne l'oublierait, jamais plus, et que le crime contre

les Juifs avait disparu de la terre avec la connais-
sance des enfants.

Dans la chambre noire, tout à coup il y a eu
un affaissement de la durée et ça a été le soir.

Elle lui a dit que partout où elle ira elle
l'emmènera avec elle. Que dès cette nuit qui vient
elle le retrouvera, qu'il doit continuer à marcher
jusqu'à la forêt et que après la forêt il doit
continuer à avancer dans les sentiers marqués de
blanc des touristes étrangers.

Je me souviens.
C'était au début de l'histoire. Et pourtant
j'ai commencé à me rappeler.
Elle le lui avait demandé : qu'est-ce que tu
aimes le plus.
Il avait cherché à comprendre la question

et puis il lui avait demandé ce que c'était pour elle, ce qu'elle aimait le plus, et elle avait répondu :

— Comme toi, la mer.

Il avait dit pareil : la mer.

Je ne sais plus rien des différences entre le dehors et le dedans de l'enfant, entre ce qui l'entoure et ce qui le garde en vie, et ce qui le sépare de cette vie, cette chienlit de vie, encore et encore.

Puis je reviens à la fragilité, de son corps d'enfant, à ces différences provisoires, ce battement léger de son cœur qui à eux seuls disent sa vie qui avance chaque jour, chaque nuit vers un inconnu à venir à lui seul destiné.

Je ne sais plus rien non plus de la différence entre la cause de Gdansk et de l'absolue similitude entre les hommes de Gdansk et Dieu.

Plus rien non plus de la différence entre les tombes de l'Est et ces poèmes enterrés dans la terre d'Ukraine et de Silésie, entre ce silence mortel de la terre afghane et l'insondable malfaisance de ce même Dieu.

Plus rien. Nulle part. Que la vérité de la vérité et le mensonge du mensonge.

Je ne sais plus rien.

Sauf que l'enfant avance dans le sentier de la forêt.

Qu'il avance encore.

Et encore. Et que la jeune monitrice s'est relevée et qu'elle regarde entre les arbres, et qu'elle voit son tricot rouge.

Sur Gdansk j'ai posé ma bouche et j'ai embrassé cet enfant juif.

Vous dites : De quoi parlait-on dans la chambre noire ? De quoi ?

Je dis de même que vous ne plus savoir de quoi.

Des événements de l'été sans doute, de la pluie, de la faim.

De l'injustice.

Et de la mort.

Du temps mauvais, de ces nuits chaudes coulées dans les jours d'août, de l'ombre fraîche des murs,

de ces jeunes filles cruelles qui prodiguaient le désir,

de ces hôtels sans fin maintenant massacrés,

de ces couloirs sombres et frais, ces chambres maintenant délaissées où tellement tellement s'étaient faits les livres et l'amour,

de cet homme de Cabourg, Juif comme l'écrit, comme l'âme,

de ces soirées si lentes, vous vous souvenez, lorsqu'elles dansaient devant lui, les deux jeunes filles méchantes, lui, le supplicié du désir d'elles qui était au bord d'en perdre la vie et qui pleurait là, sur le canapé du grand salon avec vue sur la mer,

dans la jouissance éperdue d'espérer en mourir un jour. Une fois,

de Mozart et du bleu de minuit sur les lacs arctiques,

du jour bleu de minuit sur les voix chantées dans le casino de neige et de verglas, le cœur en tremble. Les voix chantées, oui, sur les airs de Mozart,

de cette façon aussi que vous aviez de ne rien faire, de cette façon que moi, j'avais d'attendre que vous descendiez sur la plage. Pour voir. Voir vos yeux rieurs, encore et encore plus chaque jour davantage,

de cette façon à vous d'attendre de même sur les divans face au dehors, aux continents épars, aux océans, au malheur, à la joie,

On a parlé de la Pologne. D'une Pologne à venir, embrasée d'espoir et de Dieu, de la carte postale ramenée par l'enfant à la jeune monitrice,

et encore du pays de Pologne, notre patrie à tous, celle des morts-vivants,

de la rue de Londres si étrangement belle, lisse, pure, de tout détail aussi nue que l'intelligence, que le regard.

L'enfant marche. Il avance. Nous ne le voyons plus du tout.

Nous nous tenons séparés l'un de l'autre.

On ferme les yeux. Les yeux fermés dans la direction de la colline

Vous regardez pour moi.

Vous dites que les cars sont partis sur la route nationale. Qu'il pleut mais pas beaucoup.

Vous dites : L'enfant a dépassé la colline. Vous criez : Mais où va-t-il ?

Vous dites : Elle ne se retourne pas. J'ai compris : elle le laisse faire. C'est lui qui trace le chemin. Elle suit le chemin qu'il désigne elle le laisse faire complètement.

Je vous demande si vous aviez l'espoir de ne les retrouver jamais, ni la trace de la marche ni celle des corps.

Vous ne répondez pas.

Vous dites : l'enfant avance encore.

Je dis que l'enfant ne mourra pas. Je le jure. Je pleure, je crie que je le jure sur sa vie.

Vous dites qu'il est en train de disparaître, de se cacher, et qu'elle elle ne peut plus le voir.

Vous dites que c'est fait : qu'il a disparu mais pas pour mourir, plus jamais pour mourir, jamais, jamais. Et vous criez de peur.

Je crie que je vous aime. Vous n'entendez pas.

Vous dites que maintenant, même si elle le désirait, elle ne pourrait plus le voir. Je dis : ni se tuer.

Vous dites que l'enfant on a pu le voir de nouveau, qu'il a remonté la colline, qu'il était caché par les arbres, qu'il n'a pas rejoint les cars.

Qu'il avait dû tenter puis se décider : qu'il n'avait pas rejoint les cars. Qu'il pleuvait.

Vous dites qu'il ne rejoindra plus jamais les cars, plus jamais de toute sa vie et nous pleurons de bonheur.

Il a fait comme elle le lui demandait.

Vous dites : elle lui avait déjà expliqué la nuit dernière comment il devait se diriger sur cette colline qui donnait sur le parking. Ouvertement il a longé le parking des cars. Des camionneurs l'avaient vu, l'enfant, et ils lui avaient envoyé des baisers. Alors la peur a repris l'enfant et d'abord il a marché plus vite et puis il a souri aux camionneurs.

Et tout à coup il y a eu un affaissement de la lumière, de la durée aussi, déjà, brutalement, la lumière crépusculaire a envahi la forêt et la mer.

L'enfant marchait.

Il ne l'attendait pas.

Il avançait.

La jeune fille s'était levée. Elle s'était mise à marcher derrière lui. Puis elle avait recommencé à le suivre. Elle avait atteint la colline.

De temps en temps la jeune fille se rapprochait de lui. Il entendait ses pas et il souriait et il pleurait à la fois dans les larmes du bonheur fou.

Dans la chambre obscure, nous nous tenons séparés l'un de l'autre.

On ferme les yeux. On les regarde, on les voit. On pleure de bonheur.

On ne peut pas partager cette joie. On ne veut pas, nous.

Vous continuez à me dire les coordonnées de leur marche sur la colline.

Vous dites : Il est presque au bas de la colline. Elle est très près derrière lui. Vous dites : ils sont dans un bonheur épouvanté.

135

Vous dites : Il ne se retourne pas. Elle ne veut pas le rejoindre. Elle est blanche comme la craie. Elle a peur. Mais elle rit. Elle est si jeune et comme morte à la fois. Et elle sait.

Je vous demande si vous aviez l'espoir de les retrouver jamais dans la rue d'une ville, une fois, qui sait ?

Vous dites que oui, vous l'espériez comme jamais encore vous n'aviez espéré d'aucun autre événement.

Vous dites : Ils sont en train de nous quitter.

Vous dites que c'est fait.

Vous dites : Maintenant, même si elle le désirait, elle ne pourrait plus rester sur cette colline, elle serait arrêtée dès la nuit.

Et pour lui, elle a chanté très très bas qu'à la claire fontaine elle s'était reposée et que jamais jamais elle ne l'oublierait et que jamais elle ne partirait de lui.

Nous sommes rentrés à l'Hôtel des Roches Noires.

Nous sommes allés sur le balcon. On ne disait rien. On pleurait.

Les colonies des banlieues sud sont arrivées au début de la soirée, il faisait encore clair. On a fait l'appel des nouveaux enfants. Les mêmes prénoms sont revenus.

Et j'ai encore pleuré.

Et puis, vous n'avez plus parlé, ni de l'enfant ni de la monitrice. Vous avez parlé de cette femme-là, Théodora Kats. Vous m'avez demandé encore pourquoi je n'avais rien écrit d'autre sur elle.

Vous vouliez comprendre ça de moi, seulement ça.

J'ai dit que j'avais réussi à parler d'elle jusqu'à la découverte de cet hôtel dans les Alpes suisses. Et que là, le livre s'était arrêté.

C'était trop pour un livre, Théodora. TROP.

137

Trop peu, peut-être.

C'était peut-être pas un livre, Théodora.

C'était trop peut-être, ce blanc, cette patience, cette attente obscure, inexplicable, c'était trop, cette indifférence. L'écriture s'était fermée avec son nom. Son nom seulement c'était toute l'écriture de Théodora Kats. Tout était dit avec. Ce nom.

ŒUVRES DE MARGUERITE DURAS

LES IMPUDENTS (1943, *roman,* Plon).

LA VIE TRANQUILLE (1944, *roman,* Gallimard).

UN BARRAGE CONTRE LE PACIFIQUE (1950, *roman,* Gallimard).

LE MARIN DE GIBRALTAR (1952, *roman,* Gallimard).

LES PETITS CHEVAUX DE TARQUINIA (1953, *roman,* Gallimard).

DES JOURNÉES ENTIÈRES DANS LES ARBRES, *suivi de :* LE BOA — MADAME DODIN — LES CHANTIERS (1954, *récits,* Gallimard).

LE SQUARE (1955, *roman,* Gallimard).

MODERATO CANTABILE (1958, *roman,* Editions de Minuit).

LES VIADUCS DE LA SEINE-ET-OISE (1959, *théâtre,* Gallimard).

DIX HEURES ET DEMIE DU SOIR EN ÉTÉ (1960, *roman,* Gallimard).

HIROSHIMA MON AMOUR (1960, *scénario et dialogues,* Gallimard).

UNE AUSSI LONGUE ABSENCE (1961, *scénario et dialogues,* en collaboration avec Gérard Jarlot, Gallimard).

L'APRÈS-MIDI DE MONSIEUR ANDESMAS (1962, *récit,* Gallimard).

LE RAVISSEMENT DE LOL V. STEIN (1964, *roman,* Gallimard).

THÉATRE I : LES EAUX ET FORÊTS — LE SQUARE — LA MUSICA (1965, Gallimard).

LE VICE-CONSUL (1965, *roman,* Gallimard).

LA MUSICA (1966, *film,* co-réalisé par Paul Seban, distr. Artistes Associés).

L'AMANTE ANGLAISE (1967, *roman,* Gallimard).

L'AMANTE ANGLAISE (1968, *théâtre,* Cahiers du Théâtre national populaire).

THÉATRE II : SUZANNA ANDLER — DES JOURNÉES ENTIÈRES DANS LES ARBRES — YES, PEUT-ÊTRE — LE SHAGA — UN HOMME EST VENU ME VOIR (1968, Gallimard).

DÉTRUIRE, DIT-ELLE (1969, Editions de Minuit).

DÉTRUIRE, DIT-ELLE (1969, *film,* distr. Benoît-Jacob).

ABAHN, SABANA, DAVID (1970, Gallimard).

L'AMOUR (1971, Gallimard).

JAUNE LE SOLEIL (1971, *film,* distr. Films Molière).

NATHALIE GRANGER (1972, *film,* distr. Films Molière).

INDIA SONG (1973, *texte, théâtre,* Gallimard).

LA FEMME DU GANGE (1973, *film,* distr. Benoît-Jacob).

NATHALIE GRANGER, *suivi de* LA FEMME DU GANGE (1973, Gallimard).

LES PARLEUSES (1974, *entretiens avec Xavière Gauthier,* Editions de Minuit).

INDIA SONG (1975, *film,* distr. Films Armorial).

BAXTER, VERA BÁXTER (1976, *film,* distr. N.E.F. Diffusion).

SON NOM DE VENISE DANS CALCUTTA DÉSERT (1976, *film,* distr. Benoît-Jacob).

DES JOURNÉES ENTIÈRES DANS LES ARBRES (1976, *film,* distr. Benoît-Jacob).

LE CAMION (1977, *film,* distr. D.D. Prod.).

LE CAMION, *suivi de* ENTRETIEN AVEC MICHELLE PORTE (1977, Editions de Minuit).

LES LIEUX DE MARGUERITE DURAS (1977, *en collaboration avec Michelle Porte,* Editions de Minuit).

L'EDEN CINÉMA (1977, *théâtre,* Mercure de France).

LE NAVIRE NIGHT (1978, *film,* Films du Losange).

LE NAVIRE NIGHT, *suivi de* CÉSARÉE, LES MAINS NÉGATIVES, AURÉLIA STEINER, AURÉLIA STEINER, AURÉLIA STEINER (1979, Mercure de France).

CÉSARÉE (1979, *film,* Films du Losange).

LES MAINS NÉGATIVES (1979, *film,* Films du Losange).

AURÉLIA STEINER, *dit* AURÉLIA MELBOURNE (1979, *film,* Films Paris-Audiovisuels).

AURÉLIA STEINER, *dit* AURÉLIA VANCOUVER (1979, *film,* Films du Losange).

VERA BAXTER OU LES PLAGES DE L'ATLANTIQUE (1980, Albatros).

L'HOMME ASSIS DANS LE COULOIR (1980, *récit,* Editions de Minuit).

L'ÉTÉ 80 (1980, Editions de Minuit).

LES YEUX VERTS (1980, Cahiers du cinéma).

AGATHA (1981, Editions de Minuit).

AGATHA ET LES LECTURES ILLIMITÉES (1981, *film,* prod. Berthemont).

OUTSIDE (1981, Albin Michel, rééd. P.O.L, 1984).

LA JEUNE FILLE ET L'ENFANT (1981, *cassette,* Des Femmes éd. Adaptation de L'ÉTÉ 80 par Yann Andréa, lue par Marguerite Duras).

DIALOGUE DE ROME (1982, *film,* prod. Coop. Longa Gittata. Rome).

L'HOMME ATLANTIQUE (1981, *film,* prod. Berthemont).

L'HOMME ATLANTIQUE (1982, *récit,* Editions de Minuit).

SAVANNAH BAY (1ère éd., 1982, 2ème éd. augmentée, 1983, Editions de Minuit).

LA MALADIE DE LA MORT (1982, *récit,* Editions de Minuit).

THÉATRE III : LA BÊTE DANS LA JUNGLE, *d'après Henry James, adaptation de James Lord et Marguerite Duras* — LES PAPIERS D'ASPERN, *d'après Henry James, adaptation de Marguerite Duras et Robert Antelme* — LA DANSE DE MORT, *d'après August Strindberg, adaptation de Marguerite Duras* (1984, Gallimard).

L'AMANT (1984, Editions de Minuit).

LA DOULEUR (1985, P.O.L).

LA MUSICA DEUXIÈME (1985, Gallimard).

LA MOUETTE DE TCHÉKOV (1985, Gallimard).

LES ENFANTS, *avec Jean Mascolo et Jean-Marc Turine* (1985, *film*).

LES YEUX BLEUS CHEVEUX NOIRS (1986, *roman,* Editions de Minuit).

LA PUTE DE LA CÔTE NORMANDE (1986, Editions de Minuit).

LA VIE MATÉRIELLE (1987, P.O.L).

ÉMILY L. (1987, *roman,* Editions de Minuit).

LA PLUIE D'ÉTÉ (1990, *roman,* P.O.L).

L'AMANT DE LA CHINE DU NORD (1991, *roman,* Gallimard).

Achevé d'imprimer le 9 juin 1992
dans les ateliers de Normandie Roto S.A.
61250 Lonrai
N° d'éditeur : 1281
N° d'imprimeur : I2-1155
Dépôt légal : juin 1992
Imprimé en France